FEMME NUE, FEMME NOIRE

Paru dans Le Livre de Poche :

LES ARBRES EN PARLENT ENCORE

LA PLANTATION

CALIXTHE BEYALA

Femme nue, femme noire

ROMAN

ALBIN MICHEL

© Éditions Albin Michel S.A., 2003.
ISBN : 978-2-253-11269-3 - 1re publication - LGF

À Short, Serge, Grand Zaïre, Laone,

À ces jeunes de New-Bell,
ce témoignage de leurs vies,
abrégées par la misère collective.

ISBN · 978-2-251-11269-3 · 1. publication-LGF

« Femme nue, femme noire, vêtue de ta couleur qui
   est vie, de ta forme qui est beauté
J'ai grandi à ton ombre, la douceur de tes mains
   bandait mes yeux
Et voilà qu'au cœur de l'Été et de Midi, je te
   découvre,
Terre promise, du haut d'un haut col calciné
Et ta beauté me foudroie en plein cœur comme
   l'éclair d'un aigle. »

« Femme noire », extrait de *Chants d'ombre*
            de Léopold Sédar SENGHOR,
               de l'Académie française.

« Femme nue, femme noire, vêtue de ta couleur qui est vie, de ta forme qui est beauté... » Ces vers ne font pas partie de mon arsenal linguistique. Vous verrez : mes mots à moi tressautent et cliquettent comme des chaînes. Des mots qui détonnent, déglinguent, dévissent, culbutent, dissèquent, torturent ! Des mots qui fessent, giflent, cassent et broient ! Que celui qui se sent mal à l'aise passe sa route... Parce que, ici, il n'y aura pas de soutiens-gorge en dentelle, de bas résille, de petites culottes en soie à prix excessif, de parfums de roses ou des gardénias, et encore moins ces approches rituelles de la femme fatale, empruntées aux films ou à la télévision.

Je trifouille dans les entrailles de la terre, stoccade dans les tréfonds des abîmes où l'être se disloque, meurt, ressuscite sans jamais en garder le moindre souvenir. Je veux savoir comment les femmes font pour être enceintes, parce que, chez nous, certains mots n'existent pas.

Je m'appelle Irène. Irène Fofo. Je suis une voleuse, une kleptomane pour faire cultivé, mais là n'est pas le sens de ma démarche. J'aime voler, piquer, dérober, chaparder, détrousser, subtiliser. Avant de me condamner, ne trouvez-vous pas que celui qui se fait escroquer n'est qu'un imbécile ? Quand je chaparde, mes nerfs produisent une électricité qui se propage dans tout mon corps ! Ça étincelle dans mon cerveau ! Mes yeux s'illuminent ! Des jets d'éclairs palpitants traversent mon cœur ! Il me vient des sécrétions. Je suis en transe orgasmique ! Je jouis. D'ailleurs, en dehors du sexe, je ne connais rien d'autre qui me procure autant de plaisir.

Pour le sexe justement, je vis sur une terre où l'on ne le nomme pas. Il semble ne pas exister. Il est comme une absence, un bouquet d'astres morts, un contour sans précision, une ombre curieuse, un songe presque, une cellule infime à quoi seules les grossesses ou les engueulades entre les couples donnent une matérialité sous la contrainte des besoins quotidiens.

Quinze ans. Oui, j'ai attendu quinze ans pour lier connaissance avec le sexe dans ces ruelles nauséabondes aux senteurs de pot de chambre. J'ai attendu quinze ans dans ce bidonville où l'homme semble avoir plus de passé que de futur... Quinze ans pour enfin connaître l'amour... Ou, du moins, croiser les chemins de ces petites pattes d'adolescents bouillonnant d'hormones qui savent, qui ne savent rien, qui se laissent porter par la griserie de leur propre vertige : « Tu me sens ? Hein ! Dis, tu me sens ? » Et face à cet échelon inférieur de l'éveil, j'ai toujours acquiescé : « Oui, oui... Vas-y ! » Derrière la nuit de mon ignorance, j'imaginais d'immenses bonshommes qui me feraient connaître des sensations innommables. Pour l'instant, je dois encore vivre dans ce quartier aux maisons éclopées où, chaque matin, les femmes mettent à sécher au soleil les matelas troués, décorés de taches de menstrues, de fornication et de pisse. Je dois attendre le moment propice, même si ma mère a renoncé, depuis belle lurette, à veiller au sang que la lune doit invariablement faire couler entre mes jambes : « Ton âme est trop ouverte vers l'extérieur, ma fille ! Fais comme bon te semble... Mais sache que ce que tu ignores est plus fort que toi... Il t'écrasera ! » Parce qu'elle espérait, maman, que je réaliserais des rêves qu'elle avait abandonnés dans les tracasseries du mariage.

Elle ne savait pas, ma mère, que j'avais décidé d'inventer jusqu'au délire la danse des anges, afin de vivre, définitivement, aux abords de l'éternité. Et c'est arrivé ce matin.

Il est sept heures, peut-être plus, mais le temps n'est pas quelque chose qui s'adresse à quelqu'un en particulier.

Au-dessus de moi, le ciel est d'une clarté étincelante, à faire s'évaporer toute réflexion. Sur le quai, les voix soulèvent une formidable cohue. Chez nous, les rires comme les pleurs ont la force d'un fleuve en crue. La radiance vaporeuse des jours trouble l'ouïe et oblige les hommes à parler à haute voix. Des babengués déchargent des bagages sur l'embarcadère avec moult cris. Des enfants se délectent de cette confusion. Ils grimpent sur des régimes de bananes, se battent, créant un grand trouble sur les animaux : les poules, enfermées dans des paniers d'osier, caquettent et les cochons, soudain récalcitrants, refusent d'avancer.

Je suis là, en exploratrice, libérée des entraves et des obligations. J'erre, sans autre finalité que celle de satisfaire cette quête carnassière qui, chaque jour, m'incite à m'approprier des choses qu'on ne me donne pas. Mon nez renifle l'air pour détecter l'objet rare, celui dont la proximité matérielle me fait l'effet d'une sorte de paradis, domaine inaccessible des miracles ordinaires.

C'est alors que mes yeux l'accrochent. Il est posé entre les jambes d'une femme. Je reste en pâmoison devant la pureté de ses lignes et de ses courbes. Ses anses sont affalées de chaque côté et la clarté du jour amplifie le bleuté de son vert. Il prend possession de mes sens avec la même puissance d'attraction qu'un aimant. Je suis irradiée de la plante de mes pieds à la racine de mes cheveux. Je gémis de volupté comme dans une transe de plaisir physique.

J'épouserais ce sac, là immédiatement, s'il était un homme, rien que pour le caresser. Je pourrais le caresser jusqu'au bout de l'éternité sans m'épuiser. Je pourrais le caresser jusqu'à l'ultime jouissance. Je suis convaincue que, dès qu'il serait blotti dans mes bras, plus rien ne saurait m'arriver, que ce sac désarmerait un bataillon d'adversités, rendrait hilare n'importe quel flic à mes trousses et me ferait accéder au rang des femmes-flammes.

J'ai le corps en feu et une légère brise sur ma peau me fait frissonner d'excitation. Sans que je m'en rende réellement compte, je me déploie avec la souplesse du fauve tout en assurant à mes pas une cadence régulière. Et avant que tous réagissent : « Au voleur ! Au voleur ! », je suis déjà à une longueur de lianes de mes poursuivants.

Je cours comme une dératée. Mes pieds ne touchent plus le sol. J'ai si peur que, finalement, je le traverse tel un jongleur un cercle de feu. Je n'ai pas envie de finir en prison ou à la morgue. Ils me briseraient s'ils m'attrapaient. Ce n'est pas le moment de me casser les reins, l'âme ou les deux. Je bouscule des hommes : « Mais qui c'est cette folle ! » Puis : « Au voleur ! Au voleur ! » Je renverse des étalages de légumes et de fruits. Des gens crient et sifflent pour ameuter le marché. Des femmes, qui gaspillent l'argent du ménage en jouant aux cartes, me suivent d'un regard perplexe : « Depuis quand une jeune fille vole-t-elle ? » interrogent-elles, étonnées. Des mômes qui ramassent des tomates sur des immondices leur rétorquent : « C'est à cause de la crise, mesdames. C'est de la faute de la Banque mondiale, qui est quelque part ! » Je continue mes bonds jusqu'à l'instant où je n'entends plus les pas de mes poursuivants. Alors, essoufflée mais tenant à bras-le-corps l'objet de mes rêves, je m'engouffre dans un quartier que je ne connais pas.

De chaque artère, coule une foule vagissante. Des cris fusent des maisons en carabote. Des mesdames pagnées et voilées y entrent ou en sortent, portant en équilibre sur leur crâne des paniers de légumes ou d'arachides. De temps à autre, elles se lancent des mots doux, si j'en juge par les mouvements de leurs bras dodus. Je suis dans le quartier négro-musulman où l'on autorise les femmes à ne tromper leurs maris qu'à l'ombre des persiennes baissées.

Je fonce droit devant moi, à pas de géant, mais sans courir. Après bien des détours, j'aperçois un manguier tout au fond d'un terrain vague. Il est entouré d'herbes folles et amaigries par la pollution. Je m'accroupis pour faire connaissance avec mon butin, lorsque s'élève la prière musulmane. Elle braille dans l'air telle une mélopée venue des ténèbres pour pleurer nos égarements. Mes hurlements se mêlent aux leurs sans que j'y sois invitée : au fond du sac, recroquevillé tel un singe mort, se trouve le cadavre d'un bébé.

– Je peux vous aider, madame ? demande une voix d'homme au-dessus de moi.

Je lève la tête et reçois dans le cœur une vapeur brûlante. Toute sa personne me malmène : ses grandes jambes m'obligent à tirer mon cou hors de sa loge afin de capter la sensualité de ses lèvres ; son torse musclé me fait trembler dans le soleil et le léger renflement de son pantalon me fusille. Il doit avoir l'habitude de l'affolement des femmes et sa voix se fait plus distante pour ramener la sérénité :

– Votre bébé est mort, à ce que je vois. Voulez-vous que je vous aide ? Que je vous accompagne dans votre famille ?

– Non, merci.

Il me scrute étrangement de haut en bas, puis passe au tutoiement.

– Ton mari t'a abandonnée, c'est ça ?

– J'ai l'air d'une femme abandonnée, moi ?

– Tu t'es laissé dépuceler par un voyou, c'est ça ? Tes parents t'ont chassée parce que t'étais enceinte, c'est ça ? Il est mort de quoi, ton bébé ? De rougeole ? C'est sûr qu'il est mort, tué par la rougeole. La plupart des bébés meurent de la rougeole !

Cette peinture naïve de ma vie emballe mon imagination et l'incline au poétique. Je suis une riche héritière. J'ai des affinités sentimentales avec un coupeur de route. Il est beau, mais ma mère a coutume de dire : « On ne mange pas la beauté, ma fille. » Il a aussi des qualités. Mais comme dit mon père : « Que ferais-je d'un gendre dont le seul talent réside en son habileté à piocher un portefeuille ou à casser une banque ? » Mes parents, étriqués dans leur confort bourgeois, menacent de me déshériter si je ne cesse immédiatement de le fréquenter. J'enfreins les règles sociales en tendant entre eux et moi tout un système de voies invisibles, de subtils mensonges qui me conduisent chaque après-midi dans ce grenier. Les reflets du soleil dessinent des ombres compliquées sur le corps de mon amant. Mes doigts tracent sur chaque parcelle de sa peau des enchevêtrements magnifiques jusqu'à ce que son sexe se dresse et indique le zénith. Très lentement, j'attrape son gland et l'appuie par minuscules touches au milieu de mon saule pleureur. Des vagues de plaisir se déversent entre mes cuisses. Presque aveuglément entre les poils de mon pubis, son pénis cherche à s'engouffrer. Il s'enfonce, par poussées successives, loge dans ma moiteur et me fait chanter de bonheur. On baise dans la grandiloquence des jours insouciants. On s'encolle, soumis à la volupté de nos sens, tandis que mes parents ferraillent et s'insultent : « C'est de ta faute si cette enfant se comporte mal. » Ils se déchirent, se désaccordent, malmenés par les arrangements de la comédie sociale. De guerre lasse, ils me jettent à la rue pour ne point être trucidés par les procureurs, ces censeurs qui se croient tout permis, même le droit de décréter ce qui est mal et ce qui est bien.

Cette histoire, jaillie des ténèbres de mon esprit, me semble si somptueuse et si époustouflante que j'oublie le cadavre du bébé croûtant dans le sac. Des mouches, alertées par l'odeur de la chair pourrissante, se déversent. Mon cœur virevolte de tristesse et des larmes perlent à mes yeux. C'est si faux que l'espace s'emplit d'une pâle sonorité. Il est nécessaire d'avoir une oreille fine pour l'entendre sous nos latitudes où la population vit dans des cahutes en zones marécageuses et défèque n'importe comment, où les excréments sèchent au soleil, se transforment en une fine pellicule noirâtre que tout le monde respire avec délectation, dans la fraîche brise crépusculaire.

L'inconnu me prend dans ses bras. Ses aisselles dégagent l'odeur âcre des mangues sauvages. Là-haut, le ciel est vert, à peine ridé par le froufrou des oiseaux. Un troupeau d'enfants, hilares, traverse le terrain et va se moucher ailleurs. Mon cœur fait son travail : il bat à tout rompre. Mes terminaux nerveux se convulsent. J'en oublie la hiérarchisation des rôles sexuels. Je revendique une morale de l'excès, de la luxure et de la débauche. Mes mains glissent sur son dos, s'attardent à la naissance de ses fesses en nage. Dans le monde brusquement, tout s'est mis à tanguer. Il ne sait plus sur quel pied danser, mon inconnu. Je crois entendre des sanglots surgir de sa gorge :

« Non, non, non ! Pas ici ! On... On pourrait nous surprendre ! »

Ses paroles sont mensongères. Car l'innocence, comme les bonnes manières, n'est que supercherie. D'ailleurs, le danger a quelque chose de palpitant et ajoute de l'excitation à la passion.

Je fais glisser son pantalon le long de ses cuisses, mettant à nu la véracité animalière de sa nature. J'ai le vertige en brusquant sa virilité, en la violant presque. Il soupire et laisse échapper l'émerveillement qu'entraîne l'imprévu, la jubilation que procure l'infraction aux règles. Et lorsque je le déculotte, que ma langue s'enroule autour de son plantain dans un large mouvement circulaire, il ne bouge pas. Sa bouche écume des paroles incompréhensibles. Les mots clignotent dans sa gorge et le narguent. Le plaisir, l'instant d'avant indéfini, se précise dans son bangala qui se tend comme un bras autoritaire. Il me jette sur le sol, m'écartèle, me pénètre avec fougue : « Garce ! Garce ! Chienne ! Je vais te dresser, moi ! » Dans la violence qu'il assène, il pense mettre à bas ma suprématie sexuelle. Il veut retrouver sa masculinité dérobée : seul le mâle doit déclencher l'acte d'amour. Sa réaction m'émeut. Je suis à quatre pattes, gémissante, les fesses tendues sous cette chaleur de plomb. « Que c'est beau, des fesses offertes ! » Sa verge plonge dans mon postérieur. Je ressens une douleur fugace, mêlée d'extase. Il caresse mes melons. Des doigts fébriles furètent dans ma douceur, l'accordéonnent en une mixture musicale. Il s'active, va et vient dans une sollicitation pressante et haletante : « Ces cuisses !... Ces fesses !... Ces fesses !... Ces cuisses !... » Nous sommes parvenus au vacillement, à ce vertige de soi où l'on ignore ce qui est de l'autre, ce qui est de notre corps. Il s'effondre, épuisé. On reste un moment sans se voir.

Je me retourne très lentement, me décroche. Mes lèvres se collent aux siennes. Je l'embrasse. Mon baiser est vampire, profond, tendre et confirme l'existence de l'amour, cet art de la distribution... Cette éternelle passation de liens.

Je siffle en enfilant mes vêtements. Je m'appelle Irène et c'est de moi que le soleil étire indéfiniment l'ombre sur le sol. Je n'aime pas ce que je vois. Plus personne n'aime ce qu'il voit sous nos latitudes. L'avenir tremble et doute de son existence ; des rats meurent de faim et des gosses ramassent leurs cadavres qu'ils rapportent chez eux : « Un bon ragoût pour ce soir ! » Les biens des nantis sont devenus des souvenirs d'une autre époque. Leurs demeures tombent en ruine ; leurs Mercedes se métissent de pièces détachées de diverses origines. Les nanas Benz autrefois, si grosses, rétrécissent à vue d'œil et les maîtresses à petits cadeaux se fanent dans leurs vieilles robes en strass, sans connaître la gloire de se faire construire une maison à étages. Les boîtes de nuit, les restaurants chic, les cabarets à enfants gâtés ont fermé faute de clients et les mendiants prolifèrent, puis disparaissent.

Je fais mine de m'avancer dans la fournaise de cette ville siestante. Mon amant, dont je saurai plus tard qu'il se prénomme Ousmane, me hèle d'une voix inquiète :

– Et le bébé ? Tu ne vas quand même pas le laisser pourrir ici ?

– Quel bébé ? demandé-je en pivotant sur mes baskets. Je ne vois rien, moi !

Il me regarde, un regard de grand large. Son visage est en pagaille, mais magnifique. Dans son ébahissement, chacun de ses muscles faciaux semble se mouvoir, comme ces herbes de rivière. Son grain de peau est à faire éclater de jalousie une lune pleine et la fossette sous son menton me submerge d'une émotion si vive que j'ai envie de mélanger les couleurs du monde. Je le mangerais tout cru !

Mais, à y regarder de près, de minuscules boutons sur son front le ramènent à sa petite condition humaine. Il n'est pas un héros magnifique, mais un homme faillible. Il est comme ceux de mon enfance, prêt à se laisser dépouiller pour s'épanouir dans le ventre chaud d'une femme. Comme, avant lui, mon père et toutes les générations d'hommes d'antan qui relèguent leur présent à l'enfance pour trouver l'autre moitié du ciel. Je me mords les lèvres jusqu'au sang pour avoir le courage de continuer ma route.

– Mais tu es absolument folle !

J'acquiesce sans m'arrêter. Il reste quelques instants hagard, puis j'entends ses pas dans mon dos. Mon cœur s'affole.

– Tu sors de l'asile, c'est ça ? On ne le croirait pas à te regarder.

– Faut jamais se fier aux apparences, très cher !

– Tu t'es échappée ?

– Tout à fait. J'ai volé le bébé à la morgue de l'hôpital afin de passer sans risque le contrôle. Ne t'inquiète donc pas pour lui ! Quelqu'un finira par le retrouver.

– Ça alors ! dit-il, époustouflé.

Il me pose des questions sur l'asile. L'histoire des malades mentaux l'intéresse, parce qu'il est convaincu que seuls les fous ont trouvé ce qui manque au monde. Il me parle des aliénés qu'il a croisés : tiens, celui qui se prenait pour un poète et répétait inlassablement la même phrase ; cet autre qui fouillait l'étalage des marchandes de poissons, convaincu qu'une truite avait avalé son fils ; et ce sanguin dont l'obsession était de trouver une personne qui l'égorge.

Il me dit que la folie est la forme supérieure de la sagesse ! Que c'était un don des dieux pour se rapprocher des mortels ! Que seuls les fous peuvent trouver les portes du paradis perdu ! Qu'eux seuls t'apprennent ce qu'aucun maître ni oracle ne te dira ! Qu'eux seuls sont dotés de pouvoirs magiques ! Qu'eux seuls sont proches du grand esprit et du mauvais esprit, parce que leur état mental ne leur permet pas de jouir de la grande influence qu'ils auraient eue sur l'univers, s'ils avaient été normaux. Ce qui explique qu'il les respecte et les aime profondément. Qu'après tout, si Dieu a permis que je vole ce bébé mort, c'est parce que sa mère est indigne, je suis son châtiment.

Son raisonnement est si absurde que les hirondelles, dans les arbres, se moquent de cet homme, de toutes les extravagances humaines auxquelles je ne comprends rien, mais dont le poids alourdit déjà mon cœur d'adolescente. L'air dégage une moiteur poisseuse et une bouffée de vent fait remuer mes cheveux :

– Écoute, dis-je en saisissant sa main. Écoute...

– Quoi ?

– Mais ce tango ! fais-je, le fixant jusqu'à l'éblouissement.

– Je n'entends rien, moi !

– Mais si... Mais si... Viens, on va danser.

– Les gens vont savoir que t'es folle !

– Si tu me laisses danser seule, absolument !

Je l'enlace, le corps incertain. Il ne résiste pas, déjà mou comme une pâte à fromage. Les arbres, étonnés, nous observent tandis qu'on virevolte. Les événements s'enchaînent et le monde n'a plus ni fin ni commencement. Nous sommes dans un univers lumineux, au creux du sacré, de l'amour, cette folie qui fait délirer les mères et que consomment les pères. Je sais que Ousmane peut me sauver ou me perdre. Il peut me laisser tomber et me fracasser la tête sur une pierre, ou déployer une force invisible qui me maintienne suspendue dans les airs : l'amour est la seule force capable de réfuter la loi de la gravité.

Le cadavre du bébé et les difficultés de la vie s'évanouissent. Ont-ils existé ? J'ai l'impression que les plus belles choses du monde gravitent autour de moi, pour faire danser des papillons dans mes yeux et battre le sang sous ma peau. Je me sens idolâtrée par l'étoile de mon destin. Quelques passants nous fixent, ahuris. Sommes-nous deux kangourous bondissant dans la cheminée ? Puis, jugeant nos transports inoffensifs et acceptables, ils continuent leur route sans chercher à changer le monde. Une part de moi est consternée par ce débridement des sens. Mais l'autre est la déesse de l'Amour et de la Folie. Puis aussi, personne ne me connaît dans ce quartier. Sans doute, plus loin au kilomètre 5, vers le nord, quelques-unes de mes connaissances auraient-elles pu me voir dans cette situation ridicule. Des amis d'antan, avec qui j'avais été quelques semaines à l'école, auraient parlé d'envoûtement, transformant le plaisir de la chair en odieuses ténèbres.

Des rats traversent le terrain vague, tâtonnant dans le soleil, prêts à manger ce qu'il y a. Un gosse, qui vient de se faire piquer par une abeille, pousse des hurlements. De la braise brûle dans ma poitrine. Je ne respire plus. Bonheur et malheur ont l'art de vous couper le souffle.

– J'ai déjà couché avec des tas d'hommes, dis-je. Des flics, souvent à mes trousses, des gros, des petits, des maigres, des poilus, des femmes jeunes ou flétries. Dans toutes les positions : debout, allongée, sur des capots de voitures. Les toilettes ont déjà eu le plaisir d'accueillir mes ébats, les cabines d'essayage, tout... Mais jamais je n'ai ressenti de l'émotion !

– Ta folie t'a empêchée de vivre pleinement ces délicieux moments, me répond-il.

Il me croit folle, je suis sa folle et je ne m'en étonne pas. C'est l'ordre naturel des choses. Il a la même force que le temps qu'il fait, que le rythme du soleil ou les mouvements des planètes. Il m'entraîne avec lui, dans la sauvage beauté de notre Terre, doucement traversée par le chant des cigales et le sifflement des criquets.

Soudain, il s'arrête en plein milieu d'un quartier miteux. Ici, la laideur, sublimée par l'intelligence humaine, explose sous le ciel en un désordre cataclysmique. Les maisons semblent en perpétuel mouvement et tremblent de s'effondrer entre les flaques d'eau. Des rideaux de perles projettent jusqu'au ciel des couleurs si agressives qu'on a envie de fermer les yeux. Sous les vérandas, des fils électriques s'entrecroisent telles des lianes d'une forêt ; des voix féminines s'échappent des cuisines comme dans une étable où les vaches meuglent sans qu'on les voie. Des meutes de chiens aboient par intervalles et des chats sur des tas d'ordures s'étripent pour les abats d'une poule.

– T'es-tu déjà droguée ?

– Jamais !

– Pipi au lit ?

– Non.

– Es-tu capable de faire dans la durée ?

– Explique.

– Faire l'amour plusieurs fois, par exemple ?

– Je crois que j'en suis capable, oui.

– Je t'engage.

– À quoi faire ?

– À être folle, à l'excès, mon amour !

Je n'ai pas un souvenir exact des événements. Je n'ai pas pris de notes : je ne suis pas systématique. Je tente de mémoriser les ruelles si en pente qu'elles paraissent s'enfoncer dans les entrailles de l'enfer. Tout suinte de graisse. L'eau sale dégouline pour aller se perdre dans le flot bleu. Des larves attendent une occasion propice pour sauter dans le ventre des jeunes filles imprudentes et se transformer en nouveau-nés. Des ordures ménagères amoncelées le long des ruelles dégagent une puanteur d'hyène morte.

Aucune femme ne traîne. Rien qu'une marée d'hommes. Des mendiants éclopés attendent leur heure de gloire. Des mâles en djellaba sont assis aux pas des portes et jouent aux cartes sur des tables basses. De temps à autre, ils saluent Ousmane dans une langue inconnue. Tous me détaillent sournoisement, puis lui posent des questions. Un carambolage d'électrons me traduit leur dialecte. Ils parlent de mes lèvres pulpeuses dans lesquelles ils rêvent de mordre. Ils commentent mes jambes, fuseaux de soie interminables, qu'ils s'imaginent écarteler jusqu'au vertige. Ils disent mes hanches devenant vastes dans la magie du plaisir. Ils caressent leurs koras ou s'esquintent en toux pour écraser leur excitation... Du moins, je le crois.

Un tintement étrange résonne dans ma tête et des circuits s'emmêlent dans mon cerveau. Je suis sur le point d'éclater en sanglots. Je ne peux ignorer leur mépris à mon égard. Il est si manifeste qu'il imprègne l'atmosphère. Pour eux, je suis une fille des rues ! Une traînée ! Une vient-me-baiser à la bouche grivoise, aux rires d'écume, qu'ils craignent jusqu'au délire de leurs sens inassouvis. Tiens, celui-ci boude ; l'autre crache ; celui-là marmonne quelque chose derrière sa barbe et ce chauve me nargue de son humeur maussade.

Je reste immobile dans l'attente des larmes qui ne viennent pas. Quelques secondes s'écoulent, puis une convulsion orageuse monte de ma gorge.

Ce n'est que plus tard que je m'aperçois que je crie :

– Ça vous travaille, hein, bande d'hypocrites ! Vous cachez vos femmes derrière des voiles pour mieux les assujettir ! Espèces de vicelards ! Assassins ! Enculés de donneurs de leçons !

Puis je baisse ma culotte, leur montre mes fesses.

– Ces fesses, dis-je, sont capables de renverser le gouvernement de n'importe quelle République ! Elles me permettent de faire des trouées dans le ciel et de faire tomber la pluie si je le désire ! Elles sont capables de commander au soleil et aux astres ! C'est ça, une vraie femme, vous pigez ? Elles délivrent le monde de grandes calamités !

Ils applaudissent pour endiguer le flot impétueux dans leurs veines. Ils me décrètent folle pour cacher la fureur de leur sang. Je ressens ce qu'ils ressentent à mon égard. Je sais ce qu'ils pensent de moi, je comprends leur attitude, mais ne l'approuve pas. Alors je gueule plus fort, bruyante comme une foule. Ils continuent leurs ovations parce que je suis dangereuse. Ils me disent dingue afin de préserver leur suprématie, pour que ne ressuscitent plus jamais les femmes rebelles, mangeuses de sexe. Ils applaudissent avec de la panique dans le ventre. Ils espèrent ainsi retrouver le long sommeil du monde.

Quelqu'un a sonné des cloches... À moins qu'un maître tambourineur ait envoyé, dans le ciel, les scansions d'un poème annonçant ma présence. Des familles sortent de leurs cabanes pour regarder le cyclone sur pied que je suis. Elles se mettent en rangs, les grands devant, les petits derrière. Elles me contemplent, cassent leur dos, laissent jaillir des rires comme si un morceau d'excrément s'était accroché à mon nez. Le plus âgé pose une question à Ousmane. Il répond d'une petite phrase aiguë en posant un doigt sur ses tempes. Ils rient de plus belle, esquissant des postures de danse dans la fange.

Puis, quand les gens ont ri à en devenir ivres ou violents, Ousmane m'entraîne dans les dédales des ruelles. L'odeur de l'encens et des ordures monte avec la fumée de la viande braisée vers ce Dieu qui chevauche les nuages. Plus on descend, plus les humains et les animaux deviennent gros, comme si cette terre de damnation les nourrissait, avant de satisfaire la faim de ceux qui vivent près de l'avenue principale.

Sa maison est suspendue à des pilotis pour empêcher l'inondation. Il me dit qu'il a grandi dans ce taudis. Qu'en tant qu'aîné, il a hérité de ses parents. C'est ici qu'il a ses meilleurs souvenirs, qu'il espère que j'en garderai d'aussi excellents de mon séjour. Qu'autrefois les terres alentour appartenaient à sa famille. Que des manguiers, couleur de peau maternelle, donnaient aux hommes leurs bras aux heures de midi. Que, grâce à ces arbres, il avait appris à imiter le chant des oiseaux. Qu'un jour le quotidien l'avait pris à la gorge, l'obligeant à brader ses terrains. Les arbres avaient frémi, craqué ; leurs troncs s'étaient penchés, puis s'étaient couchés dans un frémissement. Que des égouts n'avaient pas été prévus. Que les maisons construites collées-serrées empêchaient l'écoulement des eaux usées.

C'est alors que je la vois. On dirait une image griffonnée sur un nuage. Ses cheveux sont sombres, ses yeux aussi, mais tendres. Elle est vêtue d'une robe d'intérieur flottante, ornée de fleurs jaunes. Ses seins énormes se dressent à travers le tissu telles deux épées.

– Salut, me dit-elle parce qu'elle a déjà aperçu mon esprit simple. Je m'appelle Fatou. Bienvenue chez toi !

– Est-ce sincère ton accueil ? Parce qu'en réalité tu devrais me gifler, me briser les os et me jeter à manger aux chats ! J'ai baisé ton mari et tu dois montrer ta jalousie. Hein, dis-lui, toi, Ousmane, que je t'ai fait fondre !

Ousmane lui fait un clin d'œil : « T'inquiète pas, elle est cinglée ! » Elle m'examine de haut en bas. Il y a tant de sensualité dans sa manière de me regarder que je ne m'offense pas lorsqu'elle éclate de rire. J'observe sa gorge, ses chairs molles à travers le tissu :

– T'es d'un bon tempérament, Fatou ! lui dis-je. Ah, oui ! Toute autre femme aurait réagi avec violence. Mais t'as l'art d'encaisser les coups, et ton humeur flegmatique convient à merveille pour neutraliser les drames. Chapeau !

– Merci, dit-elle. Viens que je te montre ta chambre.

Je suis abasourdie par sa gentillesse et sa capacité à accepter tant de grossièreté. Sans doute a-t-elle adopté cette attitude comme réponse à mes excentricités. Sourire. Hausser les épaules. Je me jure que, dès qu'un couillon aura la mauvaise idée de m'épouser, je me comporterai comme Fatou.

Elle me précède à l'intérieur de la maison, dans un long corridor sombre ouvrant sur de minuscules pièces séparées entre elles par des tentures rouges. Partout des nattes sont disposées dans une géométrie parfaite. Des parchemins alignés le long des murs invitent à l'obéissance. Néanmoins, quelque chose d'inquiétant transpire derrière cet ordre apparent qui met mes sens dans un paroxysme d'excitation. Peut-être s'agit-il d'un couple de coupeurs de gorges ? À moins qu'ils ne soient de la police et chargés de m'espionner ? Fatou s'arrête brusquement dans le vestibule et prend ma main. Je pousse un petit

cri, puis des mots sortent de ma poitrine en cré-
pitant avec une énergie furieuse, comme ces
stations de radio lointaines que l'on capte au
hasard par des nuits profondes :

– Ça ne va pas ? Qu'est-ce qui te prend ? T'es
folle ou quoi ?

– Excuse-moi.

– J'aurais dû me douter qu'une femme qui
accueille à bras ouverts sa coépouse est timbrée !
Et puis s'appeler Fatou... Dis-moi Fatou,
comment fais-tu pour porter un nom aussi saugrenu ?

– Mon nom et moi nous nous connaissons
depuis tant de temps qu'on a appris à s'aimer.

– Je comprends. Mais sache que toi et moi, on
ne vivra pas longtemps ensemble. L'une de nous
doit quitter cette demeure et je crois comprendre
que c'est toi.

– Pourquoi pas ? Le destin nous le dira.

Sans lui laisser le temps de prononcer une autre
phrase qui souffle toujours dans le bon sens,
je la plaque contre un mur, fais mine de l'étrangler. L'angoisse fait trembler ses paupières, et
l'énigme qu'est sa vie tressaute. J'écrase ma
bouche sur ses lèvres tandis que mon pouce glisse
entre ses cuisses avant de s'enfoncer dans son
sexe. La surprise la fait se cabrer, m'ouvrant un
univers large, accueillant comme un flan tiède.
J'entame un concerto à deux, puis trois doigts...

Je ne pianote plus, je joue du balafon, du tam-tam, extrayant de ce corps tendu un éventail de sonorités à rendre jaloux les oiseaux.

Elle se détend, elle s'étale et, du plus profond de son gosier, s'expulsent les agacements des sens. Et pendant que dans les airs partent quelques prières nasales, je fais jaillir un sein. Je le mordille. Ses vêtements tombent avec la délicatesse des feuilles arrachées aux arbres par le vent. Elle a la nudité de l'être à l'aube du premier jour. Je la pousse vers la première chambre et lui demande de s'allonger.

– Sur le ventre ! j'ordonne. Écarte bien tes cuisses !

Puis :

– Sur le dos ! Non, à genoux !

Elle obtempère. Obéir chez elle est une seconde nature. Ses fesses béent et dégagent une félicité lumineuse. Je les claque, les faisant tressaillir comme de la gélatine. Elle attend, soumise, n'importe quoi. Elle est ainsi, Fatou, elle accepte.

À quelques pas, Ousmane nous observe. Ses veines sont contractées. Ses yeux, troublés de désir, fixent le ventre et les seins de sa femme, avec une intensité douloureuse. Il s'accroupit entre les cuisses, écarte ses jambes comme la tempête une porte, les jette par-dessus ses épaules. Il la mange avec voracité. Il la pétrit, puis se dépêche de mettre dans le panier afin de

convoquer à leurs noces tous les pouvoirs obscurs, ceux de la terre, ceux des cieux, ceux des
airs et ceux des eaux.

Leurs sexes se déploient dans le jour. Leurs
corps s'arc-boutent, se contorsionnent, se fen-
dent. « Merci... Merci pour tout... », ne cesse-t-il
de souffler en l'éperonnant. Ils vibrent à l'unisson
et leur beauté jette des flammèches bleues dans
la chambre. Une volée de flèches traverse mon
ventre. Mes parois sont humides, cernées de toute
part par le désir. Je fonds de plaisir et me perds
dans la marée des sexes qui s'envolent. Nos langues se serpentent, s'enroulent, se cajolent,
jusqu'à extraire les derniers sucs d'inhibition.
Quelqu'un me caresse, quelqu'un m'embrasse.
Est-ce Fatou ? Est-ce Ousmane ? Je l'ignore. Je
veux ma part de ravissement. Je ne crois pas au
communisme des plaisirs, mais à leur individua-
lité. Je laisse le vaisseau de la béatitude me
transporter vers les étoiles. Je traverse les gros
nuages et une myriade de fleurs de coton s'infiltre
dans mon cerveau. Il est si ramolli qu'il se rata-
tine, s'efface pour devenir une minuscule lueur
au lointain : le sexe est plus doux pour l'âme que
l'amour de Dieu.

Essoufflés, nous nous affalons. Je m'endors et
mon subconscient s'emmêle les pattes. De gros
titres de journaux sortent dans la nuit de mon
esprit pour m'anéantir. « La police aux trousses

de la voleuse de cadavre ! » Je ne suis plus dans cette chambre, mais cachée dans un immeuble. Des policiers mettent le feu. Des flammes lèchent la façade. Des cris fusent. Les vitres éclatent. Des gens courent. Mes dents claquent malgré la fournaise. Je saute et me retrouve sur une pelouse. De grosses gouttes de sueur perlent à mon front. J'entends les pas des flics tout près de moi. Des chiens dénicheurs aboient aux loups, aguichés par mon odeur. Ils se rapprochent dangereusement, alors je cours. Je cours et mon cœur perd les pédales. Je n'arrive pas à semer mes poursuivants. Des obstacles imprévus surgissent et m'empêchent de leur échapper. Tantôt des montagnes infranchissables, tantôt une mer étale à perte de vue et je suis sans cesse obligée de changer de direction. Soudain, les pneus d'une grosse voiture rugissent sur le goudron, et le pare-chocs me coince, dos à un gigantesque mur. Un flic surgit, aussi long et large qu'un baobab. Je cherche par où m'enfuir, je ne trouve pas :

– Où cours-tu ainsi ? me demande-t-il d'une voix de mort.

– Trouver la liberté.

Il me sourit. Je suis surprise par cette gentillesse qui dévore son visage.

– Je crois qu'il serait plus simple pour toi de la trouver dans mes bras, dit-il en les écartant.

Hypnotisée, je me laisse happer par ses mains. Elles sont tendres et douces, ses mains. Puis ces mains câlines entreprennent de m'étrangler. Je pousse un hurlement et ouvre les yeux.

Le velours du crépuscule flotte par la fenêtre. Les moineaux, épuisés par leur envol, fientent sur des arbres avant de mourir. Les bruits spécifiques de la nuit montent au loin par vagues. Cris des mamans interpellant leurs rejetons : Parfait ! Parfait ! Mais où est passée Fatima ? As-tu vu Dolorès ? Opportune, va m'acheter du soya ! Dépêche-toi ! Puis les bruits des sexes qui ne se nomment pas dans ces contrées – à moins qu'ils aient tant de noms biscornus, tendres, affriolants, racoleurs, sublimissimaux, qu'en retenir un relève de l'exploit. Je découvre enfin la chambre. Encore des nattes, des nattes partout et des bibelots aussi. Sur un mur, des dizaines de pagnes de diverses couleurs sont accrochés à des clous : on dirait des femmes à la silhouette fine suspendues à un fil. Et puis des chaussures, des piles interminables de chaussures, alignées aux quatre coins de la pièce, moisissent sereinement. Mais où sont mes hôtes ? Sortis ? Partis, mais où ? Je regarde autour de moi. Et si je les cambriolais ? L'idée me fait sourire. Quelle salope tu fais ! me dis-je. Je pétris un wax jaune à volants argentés. Pourquoi veux-tu faire ça ? me demandé-je. Pourquoi voles-tu ? Pour rien. Comme ça, sans cause, sans projet aucun, une série de hasards, d'incohérences qui s'ajustent avec mon plaisir.

– Que veux-tu manger ce soir, Irène ?

La silhouette de Fatou s'encadre sans que je l'aie entendue venir. Elle luit autant que les feuilles de goyavier. C'est une femme en attente, maquillée, avec des lèvres rouges comme le sexe d'un chien et le regard voilé de désir.

– C'est à moi que tu parles ? demandé-je, quelque peu agacée par son comportement de femme éduquée.

Elle baisse ses yeux. Je l'intimide. Je réfléchis à la meilleure manière de l'emmerder, la chienne, puisqu'elle ne saurait vivre sans quelqu'un pour l'humilier, l'utiliser ou l'assujettir, alors je dis :

– Des beignets parsemés de poils de pubis épluchés dans le pourpre du vent ; des carrés de seins cuits dans une gerbe de paupières nictitantes et un gâteau des sens, nappé de sperme perturbé par l'ensemencement.

– D'accord, me dit-elle en s'éloignant.

Je suis perplexe. Des nuages passent dans le ciel et je ne comprends rien à cette femme étrange. L'ennui qui suit cette incompréhension entraîne mes pensées vers le cadavre du bébé abandonné sous l'arbre. Si on m'attrapait... On m'enverrait à la prison de Konangué où les prisonniers préfèrent se suicider que de vivre dans cette alvéole aussi noire qu'une tombe. J'ai si peur que ma vessie lâche. J'urine. Je pisse en moi et sur moi. C'est vrai... J'ai commis le pire des crimes, celui qui voue à la géhenne, aux chaînes et fers éternels. J'entends déjà le rire de Satan lorsqu'il ouvrira pour moi les portes de l'Enfer.

Une heure passe et je ne pense qu'à l'horreur à venir. Je suis si angoissée que ma tête devient un laboratoire d'analyse en criminologie. J'étudie des méthodes pour s'évader de prison. Quand mon pauvre cerveau se lasse d'embobiner les mêmes choses, mon corps, telle une masse inerte, se recroqueville dans le lit. Je me sens seule. J'ai envie de partir vers l'autre côté du monde sans être morte. L'odeur de mon urine sur les draps me débilite à tel point que je me lève et déboule dans les ruelles.

Il fait nuit.

Dans l'obscurité, le paysage semble craquelé comme une croûte sur une plaie. Des lampes tempête clignotent dans les cours et signalent aux hommes assoiffés de femmes qu'il s'agit là d'un bordel. Ils sont agglutinés, pressés d'évacuer leur trop-plein de sperme. Ils profitent de l'obscurité pour se frotter les uns aux autres, se masturbant, l'air de rien. Lorsque l'un d'eux pénètre dans le sanctuaire, ils le suivent du regard et imaginent ses canailleries. L'a-t-il attachée ? Dans quelle position la baise-t-il ? En levrette ? En mission-naire ? Ou debout contre le chambranle ? Et leurs pensées licencieuses jettent du désordre sur leurs visages.

Je suis fascinée par ce monde des relations anarchiques. Je me demande de quelle couleur, de quelle texture est faite leur sexe. Je transpire, oppressée par le parfum sauvage de mes pensées obscènes.

Soudain, deux bras ceignent mes reins. Je me retourne, vois un gros moustachu. Il est si hallu-ciné de désir que son eau de Cologne brave l'odeur entêtante des amandes grillées que je connais. Ses yeux sont congestionnés par une agi-tation extrême. Au renflement de son pantalon, je m'aperçois que son igname est au bord de l'explosion :

– C'est combien ?

Je n'ai pas le temps de répondre que, déjà, il se débraille, dégage sa tulipe. Une curiosité per-verse me pousse à le toucher avec une lenteur raffinée. « Oui », souffle-t-il. Dans son regard chaviré, je perçois sa faiblesse, cette malléabilité des hommes. Mais aussi que j'ai un corps aux possibilités insoupçonnées, que, désormais, il faut compter avec ses gestes. J'ai un sentiment de puissance sans fin. Je suis alpha et oméga, le début et la fin de toute chose. Je fais mine de lui prodiguer une caresse palatale. La bouche en cœur, j'envoie sur sa turgescence des souffles chauds qui le mettent en panique. Ses grosses lèvres halètent sur son cou grassouillet. Il s'impatiente, s'exaspère le bangala en l'agitant comme un fouet autour de mes lèvres.

– Prends-le, vite ! râle-t-il. Dépêche-toi !

J'écarte mes dents puis, sans que j'en prenne vraiment conscience, je le mords. Il fait trois bonds en arrière, danse sa douleur sous la lune ahurie, puis va loin, très loin... Sa fureur déchire le silence :

– Espèce de malade ! dit-il, en me fusillant de colère. Mais qu'est-ce qui te prend, petite salope ? Tu m'as fait mal !

– C'est ainsi que tu me remercies ? As-tu vu dans quel état tu étais ? Je viens de te sauver la vie. Je t'ai épargné une crise cardiaque en calmant tes ardeurs !

– Espèce de folle ! Va-t'en avant que je décide de te tuer !

L'espace de quelques secondes, dans la touffeur de la ville, je suis envahie d'un bonheur ineffable. Un plaisir inexplicable me fait toujours vibrer lorsque je prodigue la douleur. Je sautille, frappe des mains comme une enfant dans une cour de récréation. Je fais deux pirouettes et rentre à la maison. À peine ai-je franchi le seuil qu'une ombre me saute au visage. C'est Fatou.

– C'est l'heure de manger, me dit-elle.

Je la suis dans la salle à manger en la harcelant de questions. À chacune de ses réponses elle m'ouvre les bras pour me tenir jusqu'à la fin des temps entre la moiteur de ses aisselles.

– Es-tu certaine d'être en vie, Fatou ? lui demandé-je.

– Je respire comme la plupart des êtres humains, si c'est ce que tu veux savoir, Irène ! Je peux être traversée par les émotions de tristesse ou de joie comme tout un chacun.

– As-tu conscience de ton pouvoir ? Moi, par exemple, je peux obtenir de la plupart des gens ce que je veux.

– Je ne crois pas être capable d'obliger qui que ce soit à faire quelque chose dont il n'a pas envie.

– Dans ce cas, Fatou, t'es qu'une faible. Soit on est victime, soit on ordonne.

– Nous sommes tous victimes de quelque chose ou de quelqu'un. Moi, j'essaye de rendre les gens heureux. Je n'ai pas d'autres pouvoirs.

– Pourquoi fais-tu semblant de m'aimer, alors que tu me détestes ?

– Parce qu'il est fatigant de haïr.

L'abondance de la nourriture sur la table transfigure l'espace. Des cuisses de canards caramélisées envoûtent le palais ; des gros morceaux de viande bataillent contre la pesanteur dans une sauce d'arachides ; un gigot d'agneau braisé, nappé d'une sauce rouge, fricote avec des haricots verts. Ces mets sont si appétissants qu'une violente colère m'assiège : comment peut-on vivre dans un taudis et se livrer à une telle débauche des sens ?

– Je ne vous savais pas si riches ! dis-je en toisant Ousmane assis, une serviette autour du cou.

– La nourriture, Irène, est la seule véritable richesse de l'homme. On n'apporte avec soi dans l'au-delà que le souvenir de la bonne chère et des magnifiques nuits d'amour. Quiconque n'accepte pas cette philosophie n'est pas admis dans ma demeure !

Pour la première fois, je retiens ma langue parce qu'elle peut me perdre... et je mange... comme une condamnée, rejetant toute idée de grâce et de joliesse. Qui sait ? La police viendra peut-être m'arrêter dans quelques heures ? Serai-je encore de ce monde lorsque les derniers coqs auront cessé de chanter ? Serai-je encore là lorsque la lumière pénétrera à travers les perles des rideaux ? Je mange salement. Mes doigts ramassent des quantités conséquentes de nourriture que j'enfourne sans me soucier de la sauce qui coule le long de mes bras ou barbouille mes lèvres. Lorsque ma panse est si pleine que mon ventre commence à gonfler, je rote et doigte Fatou, accusatrice.

– Je suis certaine que tu as empoisonné cette nourriture. Qu'est-ce que tu as mis dedans ?

– Une quantité considérable de pipi de chat, connu pour sa nocivité, me dit-elle sans ciller. C'est aussi mortel que du mercure.

Je la regarde intensément. Son visage est celui d'une femme sûre de son fait, qu'aucune turbulence du monde n'atteint. Ainsi donc, elle se débarrasse de moi. Elle me tue, m'assassine, m'abat. Je ressens d'horribles crampes à l'estomac. C'est l'effet du poison. Dans quelques minutes, je vais mourir. Je ne veux pas crever. Je veux voir ma mère, boire encore de son lait au goût de paradis. J'introduis un doigt dans ma gorge...

– Exprime ta dernière volonté avant qu'il ne soit trop tard, me dit Ousmane. Qu'aimerais-tu expérimenter avant de te retrouver devant ton Seigneur ou face à ton Diable ?

– Salaud ! criéje en hoquetant. J'aurais dû m'en douter. Tu es sa complice ! Toute cette comédie de gentillesse ! Des foutaises ! À quoi en veux-tu ? À mon corps ? Tu veux vendre mes organes à un laboratoire, c'est ça ? C'est de ce trafic que vient ton argent ! Et moi, pauvre

conne ! je suis tombée dans le piège. Merde !
Mais cela ne vous profitera pas, sales truands !
Même avec des millions, vous resterez les mina-
bles pollués que vous êtes !

Je suis dans un tel état d'anxiété que je ne le
vois pas desserrer sa ceinture, les lacets de ses
chaussures, desserrer tout ce qui fait de lui un
homme civilisé. D'ailleurs l'est-il, seulement, cet
homme qui regarde sa femme travailler sans
jamais l'aider ? Il est de la race de ceux qu'on
élève tels des coqs, sans jamais les éduquer.
Lorsqu'il me plaque au sol, déchire mes habits et
fait signe à Fatou d'approcher, je repense à ma
mère : « Le chemin que tu prends te conduira
droit en Enfer. » Et je vois ma tête s'enfoncer
dans le chaudron du diable.

Fatou écarte mes jambes avec ivresse, avec
exaltation. J'ai trop d'angoisse ou trop d'amertume pour résister. Sa langue est en feu et, au
bout de ses doigts, mon ombrelle intérieure palpite. Elle me gobe, agenouillée entre mes cuisses.
Lentement, très lentement, elle m'achemine vers
les étoiles par un chemin qui lui est propre.
Quelque chose de tiède ou de froid glisse dans
mon sexe... Je ne demande pas ce que c'est. Je
sais que, dorénavant, je dois vivre et mourir dans
la surprise. Fatou noie ma rose intime de nourriture qu'elle happe ensuite.

– Tu vois que je suis toujours gentil, ne cesse de murmurer Ousmane. Tu vas mourir en plein orgasme... Tu ne ressentiras aucune douleur...

Je suis partagée entre la peur de mourir et le plaisir qui enflamme mon ventre. Les lèvres de Fatou dessinent des arabesques sur mon corps. Elle les promène en de lents gestes, sans s'attarder, comme si elle hésitait entre frugalité et prodigalité. J'ai envie de m'offrir à fond aux deux types de caresses. Mais, face à l'impossibilité d'un tel choix, je me laisse submerger, d'autant qu'elle miaule entre mes jambes. Son plaisir catapulte ma jouissance. Mon esprit se détache de mon corps. Il est si gigantesque qu'il occupe l'espace, se répand dans la ville, s'étale dans les magnifiques chambres d'hôtel climatisées où les Blancs et les Nègres riches s'adonnent à la joie de s'enrichir en forniquant en permanence. Les cloches d'une église résonnent... À la mosquée, l'imam tremble et s'accroche au minaret. Je meurs, je sais que je suis morte.

Qui es-tu, Fatou ?

Du creux de mon sommeil, j'ai l'impression qu'on me parle... Une voix comme un songe venu des eaux profondes du temps. Une voix bruissante comme les vagues d'un fleuve, quelque part dans les ténèbres de mon esprit. Je suis trop loin dans les espaces nuageux de l'inconscience pour capter les guirlandes de mots qui me sont destinées. Lentement, j'émerge de ces contrées perdues. Le souvenir des scènes qui se sont déroulées cette nuit vient me frapper et un drap de bonheur s'étale sur mon corps.

Fatou est au pied du lit dans un pagne rose éteint sur lequel s'évapore, en de minuscules touches, une herbe aérienne. Son visage et ses seins se découpent dans le halo du jour, sans faille. Je sens en elle quelque chose d'énorme, de dangereux, d'inouï, que je ne comprends pas et qui concourt à me faire ressentir à son égard une colère sourde que j'aurais pu régler simplement, si nous avions été dans les époques d'antan, par un simple geste libérateur : l'étranglement.

– Pourquoi me réveilles-tu ? demandé-je, furieuse. Je n'ai pas de bébé à allaiter, que je sache !

– Tu es belle, me dit-elle. Belle et émouvante. Aussi émouvante qu'un jour sans soleil.

– Tu fais dans le vers, maintenant ? Que c'est cocasse !

Elle admire mon corps pour lequel, la veille, elle a eu des transports excessifs. Dans un théâtre de mots, elle vante mes formes sans fausse note, mes joues creuses, mes lèvres pulpeuses, mais sans tapage, puis compare le grain de ma peau à une tulipe, aux parfums du gardénia, aux extraits de roses printanières, aux pétales des bougainvilliers en fleur.

– Ah, si je savais dessiner ! s'exclame-t-elle. J'ai des pensées de feu rien qu'à te regarder !

– J'ai faim !

– Le petit déjeuner est prêt.

Je me lève et mes mains s'évanouissent sous ses pagnes, caressent son dos, ses fesses. Elle a la peau des fesses un peu froide, plus froide que ses seins. D'un mouvement elle se dégage, disparaît et d'appétissants beignets aux haricots m'annoncent son retour. Dans la moiteur de la journée qui s'annonce, de grosses gouttes de sueur perlent déjà à son front.

Elle dépose le plateau devant moi, sourit, mais son regard est d'Inox, comme un chasseur à l'affût. Que traque-t-elle ? L'insolence de ma joie ou la tranquillité de mes peines ? Cette femme est gentille, mais fausse, ne puis-je m'empêcher de penser. Hypocrite et sans doute menteuse et généreuse à la fois. En réalité, je ne comprends rien à son comportement. Je suis comme la plupart des êtres, je déteste ce que je ne comprends pas. Je déteste ce que j'envie.

– Où est Ousmane ? lui demandé-je

– Il travaille à la poste. Il ne te l'a pas dit ? Il adore son travail qui consiste à envoyer des lettres dans le monde entier. Il aime particulièrement les lettres d'amour. Il peut les repérer, affirme-t-il, rien qu'au style de l'écriture. Il les frotte sur son sexe avant de les mettre dans les sacs. Quand il reviendra, tout à l'heure, ses couilles auront le goût du papier. Je t'en laisse la primeur.

– Ce que je veux, je le prends. Je n'ai pas besoin d'une autorisation. Ce n'est pas ton cas. Sais-tu pourquoi ?

Je réfléchis quelques secondes avant d'ajouter :

– Parce que tu vieilliras mal.

Je mets une impulsion malsaine à décrire la précarité de sa beauté qui ne supportera pas la trentaine : ses seins déjà lourds alors qu'elle n'a pas encore mis bas ; l'optimisme et la vitalité qu'elle a déjà perdus dans son mariage difficile.

Elle m'écoute et j'espère qu'elle ressent une mortification et un déplaisir profond.

Elle sourit, alors que j'aurais aimé qu'elle éclate en sanglots. Elle fait de l'affront une grâce qui désamorce ma méchanceté. J'en suis écœurée.

– Tu as raison, me rétorque-t-elle. Mais il y a bien longtemps que j'ai accepté ce que je suis.

– Et Ousmane ? A-t-il accepté ce que tu es ?

– Je le crois. Il faut tant d'affection pour vivre en harmonie sans se bousculer !

– Et l'amour ?

– Il m'est difficile de t'expliquer ce sentiment subtil, mystérieux et rare qui fait que, malgré les vicissitudes apparentes, on sait que l'autre sera toujours là.

Elle ne me laisse pas le loisir de lui assener d'autres paroles éblouissantes et blessantes comme un rasoir. Elle s'empresse, modifiant ainsi la densité de l'air, donnant au temps le temps d'arranger les vicissitudes.

– Oh ! là ! là ! là ! Il faut que j'aille faire le ménage !

La voilà à récurer, à balayer, déjà corrompue par la mémoire ancestrale des affectations propres aux femmes. Comme les autres, Fatou a appris la mesure et la dextérité qui permettent au sexe faible de ne jamais se compromettre avec le vertige. Comme sa mère, elle sait que nous vivons dans un univers où les chimères n'existent pas et où l'on échoue dès qu'on sort du chemin tracé !

Elle lave les assiettes, puis le seau dans lequel elle les a lavées. Elle jette l'eau sale et elle lave l'endroit où elle a jeté l'eau. Et ça n'en finit plus. Quel imbécile a inventé le savon ? Quel sot a créé les antiseptiques ? Quel idiot a inventé la brosse à récurer ? Quel benêt a fait croire aux femmes qu'à mener une guerre sans merci contre la saleté, on acquérait le respect des hommes, à défaut de leur amour ?

Et, pour moi qui n'ai pas touché à un balai depuis des lustres, cette agitation me démoralise. Les vêtements sales ? Je les amoncelle dans un coin et ils finissent par s'étioler grâce à la bonté des mites. La vaisselle ? La pluie s'en charge ! Dans ma chambrette, des mouches mortes se dessèchent sur le sol et disparaissent.

Je la toise, énervée par cette résignation qui me répugne, ces gestes qu'elle exécute et qui m'imposent l'impitoyable reflet de ce que j'aurais dû être.

– As-tu bientôt fini ton manège ?

– Encore quelques minutes...

La voilà à balayer ma chambre. Elle étale les draps qui gonflent en se posant sur le matelas comme un voilier. Elle dispose nettement les objets sur le chevet. L'organisation est parfaite.

J'ai les yeux baissés et elle en profite pour m'annoncer que mon bain est prêt.

Elle m'entraîne derrière la case, me fait asseoir sur un banc devant une bassine d'eau chaude. Elle me frotte le dos et ses mains savonneuses sur mes seins et mes hanches me font l'effet d'une coulée de miel. Chacun de ses gestes est ponctué de mots anodins aux intonations si tendres qu'ils amadoueraient le plus récalcitrant des hommes. Ses doigts glissent comme une plume sur mon ventre. J'ai envie de saisir cette main, de l'enfouir entièrement en moi pour alléger les crispations de mes sens.

L'espace d'un cillement, mon désir se transforme en une rage folle. J'ai envie de l'humilier, de la railler, de l'offenser. De manière inattendue, je saisis ses deux mains, l'oblige à s'agenouiller puis à les poser, comme une obole, sous mes fesses. Je ne la quitte pas des yeux, quand un liquide chaud jaillit de mes entrailles, libère mon ventre, mon corps, mon esprit. L'urine s'écoule lentement entre ses doigts, emportant sur son passage la mousse savonneuse.

Elle ne cille pas, me rince, m'enveloppe dans une serviette lavandée et me reconduit vers ma chambre. À l'extérieur, le vent se lève. Un toit grince au loin. La sonnette d'un vélo tinte. Il n'y a rien à observer sur cette terre et la réalité telle qu'elle est suppose que j'abandonne mon univers intérieur pour l'accepter. Je crois que je ne suis pas prête : « Élève dissipée », disaient mes maîtres dans mes bulletins scolaires. « Il n'y a rien à en tirer, avait constaté ma mère, consternée. Irène est entrée dans la vie du mauvais pas. Elle ne changera jamais. »

Je n'ai pas essayé. Les hommes, les événements, les choses glissent sur moi comme sur une structure compacte. Seules deux choses m'intéressent : voler et faire l'amour.

Deux manières pleines de fantaisie et de risques pour vaincre le cauchemar du réel.

Je tombe dans un demi-sommeil tandis que le vent extérieur m'assiège, fait dans ma tête s'entremêler des événements. Ils forment des cercles concentriques, un tourbillon de pensées qui apparaissent, disparaissent, m'isolant dans un vide pétri de délires. J'entends la voix grave de ma mère, cette voix qui gronde et qui caresse d'un ton égal : « Veux-tu descendre de cet arbre, Irène ? Quand est-ce que tu vas te comporter comme une jeune fille digne de ce nom ? » Chez ma mère, il n'y a pas de sang, ni d'émotions, ni de guerres sans fin ou de contes à dormir debout pour maintenir son homme en amour. Chez maman, tout est simple et irréductible. Elle accroche autant d'enfants qu'elle peut aux pieds de mon père, comme autant de chaînes, pour l'empêcher de partir. Pour mon père l'amour ne se définit qu'à travers des désirs instantanés qui s'enflamment et s'éteignent aussitôt assouvis. J'aimerais tant savoir ce qu'il pense de sa situation maritale.

Pour les désirs instantanés justement, un homme me touche. Je ne vois pas son visage, mais je sens la chaleur de ses doigts sur mes lèvres. Ils malmènent mes seins, câlinent mon ventre, puis s'insinuent entre mes jambes. Ils cajolent distraitement le renflement de mon corossol. Il y a dans ces mains quelque chose d'indifférent. L'inconnu ne cherche pas à me faire entrevoir des lucioles. Il a décidé de jouir dans l'insouciance. Je fais semblant de dormir. J'imagine l'inexpressivité de son visage et un plaisir monstrueux monte en moi. Je m'abandonne à ces mains poursuivant mes propres fantasmes.

Il est fou, me dis-je, dégoûtée. Son ventre bedonne. Son visage est couvert de furoncles. Les ailes de son nez sont larges. Il bave comme un dément. Aussi laid que le Diable et ses cornes !

D'un geste, il écarte mes jambes, me pénètre. Il fouille mon temple avec un acharnement monotone en récitant des sourates. Et, en une sorte d'hallucination, mes sens se convertissent à cette horreur. Un plaisir hystérique me captive, un déchaînement primitif de l'âme. Une succession de tonnerres traversent mes veines avec une telle force qu'ils m'anéantissent. Presque au même moment, l'inconnu pousse un long cri d'animal, puis s'écroule.

Il se reprend très vite, s'habille, le souffle court. Je garde mes paupières closes. Je veux son souvenir jouissif dans son étrangeté. Du salon, je l'entends échanger quelques paroles avec Fatou. Puis ses pas s'éloignent, mêlés à la fureur du vent sur la tôle ondulée.

J'entre dans une torpeur bienfaisante où l'image de ma mère chevauche mes expériences amoureuses. A-t-elle connu l'exaltation des sens avant que n'apparaissent ces ridules autour de ses yeux ? A-t-elle expérimenté ces plaisirs de feu pour lesquels j'aurais pu accepter de mourir brûlée, mais heureuse ? A-t-elle connu ces sauts dans l'inappartenance ? J'aurais aimé lui poser ces questions offensantes pour les oreilles d'une mère. Elle m'aurait regardée d'une manière spéciale : « Tu t'immisces trop, ma fille, m'aurait-elle rétorqué. Je suis ta mère... pas ta confidente. »

Perdue dans ces pensées, du fond de ces rêves où le crapaud avale la vipère, où mon corps obéit à une chronobiologie animalière, je renifle une présence. C'est un homme. Il dégage un parfum de tabac et d'oisiveté. Il s'allonge le long de mon dos et ses poils picotent mes cuisses. Il soulève ma jambe, s'articule autour de mon secret. Il attrape mes hanches, fébrile. Il entreprend de me pousser en avant et de me ramener vers lui. Je suis sa balançoire. Je le berce, je l'amuse, je le distrais. Je sens la terre me happer et mon cerveau résonner avec la puissance d'un fleuve en crue. Puis il s'affaisse sans parler. Dans la même précipitation que le précédent, il se rhabille et quitte la chambre.

Lorsque entre le troisième, mes sens sont aveugles. Un vide sidéral s'est creusé dans mes entrailles. J'ai faim de plaisirs. Je deviens boulimique de désirs, comme si mon sexe s'était transformé en une grotte vorace.

Je me mets sur le dos, feignant le sommeil. J'écarte mes jambes, les abandonne de chaque côté du lit. J'ai l'impression d'être dans une cérémonie vaudou dans laquelle d'étranges pouvoirs sont à l'œuvre. Ils ralentissent mes centres névralgiques. Ils m'offrent cette paix qui est la condition idéale du vrai bonheur.

Ce jour-là, sept, peut-être huit hommes m'ont fait l'amour avec une avidité abstraite. Deux d'entre eux m'ont pénétrée en même temps. L'un comme si j'avais été un garçon, l'autre s'était contenté de la banalité restante. Ainsi écartelée, j'ai découvert d'autres océans. J'ai traversé des

continents et des mers. J'ai compris la significa-
tion des distances. J'ai expérimenté la grandeur.
Et lorsqu'un autre a caché ma tête sous un oreiller
avant de fendre mon sexe avec le dégoût que l'on
a à boire un médicament, je me suis sentie
incandescente !

Épuisée, fatiguée, je sombre dans un sommeil
réparateur. Cette dépravation me réjouit. En toute
conscience, elle aurait pu être qualifiée de per-
versité. Mais l'excès dans lequel je sombre
s'accomplit dans une zone neutre de mon cerveau. Ma perversion est non vécue ou vécue
seulement dans une conscience inexprimée.

Fatou entre dans la chambre avec le nécessaire
de toilette. Sans rien dire, elle nettoie chaque parcelle de mon corps. Imperceptiblement, quelque
chose de curieux s'opère en moi, comme si, entre
ses mains, un obscurcissement s'établissait dans
ma mémoire.

Je perds mon identité, mes pensées et mon
caractère. Je deviens une créature tremblotante et
sénile, à moins que je ne sois qu'une petite fille
encore, extrêmement attentive à elle-même et à
ce qu'elle ressent.

– Qu'est-ce que t'es ouverte ! s'exclame-t-elle
en introduisant une serviette dans mon sexe.

Elle la ressort en même temps qu'une coulée
de sperme qu'elle respire, avec délicatesse.

Elle m'allonge sur le lit, s'accroupit sur mes fesses. Je reste les yeux fermés tandis qu'elle me masse. D'abord la nuque, puis le dos, les cuisses, les jambes, les pieds. Ma peau roule entre ses doigts experts et d'autres univers charnels s'ouvrent à moi, plus gigantesques encore. Elle prodigue ces massages en poussant des soupirs quasi orgasmiques.

– T'as de la chance, susurre-t-elle. Tu te rends compte que l'imam en personne t'a fait l'amour ? Ah, si je pouvais jouir de la vie comme toi !

De quoi se plaint-elle ? Ousmane lui donne l'argent nécessaire afin qu'elle puisse s'offrir des lunes et des étoiles qui font catapulter les plaisirs des femmes. Il la cajole tant qu'il lui permet des canailleries. Il l'invite sans cesse à des festins bestiaux où l'obscénité devient naturelle. Je ne la comprends pas, alors je savoure l'euphorie que sa langue prodigue à mon pubis :

– Ça va lui faire du bien après cette laborieuse journée..., dit-elle.

Puis, avec une lenteur presque calculée, elle s'approche et se fond dans mon corps. À présent, ses mains potelées me caressent : « Dis-moi que tu m'aimes », m'ordonne-t-elle en m'étouffant à moitié. J'ai l'âme en paix. Je suis engourdie. Je veux qu'elle continue, alors je lui dis ce qu'elle veut entendre : « Je t'aime, je t'aimerai toujours. » Elle me fixe, les yeux dilatés, exaltée par ce mensonge. Je lis sur son visage défait une fermeté inébranlable et une avidité de piranha.

– Ne t'avise plus jamais de faire ça ! crié-je en la repoussant avec une telle violence que sa tête frappe le mur.

Elle reste quelques secondes abasourdie. Les bretelles de sa combinaison rouge pendent sur ses épaules. Je vois la chair pleine de ses épaules, de sa gorge, de ses seins, qui est une invitation permanente à une lascivité sans âme.

– Je fais ce que je veux... Est-ce clair ? dis-je.

Elle touche son crâne à l'endroit exact où il a heurté le mur. Puis reste silencieuse, moi aussi. On se fixe. Je projette dans mes yeux l'ombre gigantesque d'un acharnement destructeur. Elle finit par baisser la tête, incapable de me donner le change. L'euphorie de cette victoire me fait bâiller de manière ostentatoire.

– Qu'as-tu prévu pour le repas de ce soir ? demandé-je, insolente. J'ai une de ces faims !

Elle ne me répond pas et, pour la première fois, je vois que derrière ses bonnes manières d'épouse se cache une passion taciturne qui ne s'adresse à personne en particulier. Elle pourrait, si elle le désirait, faire croire à n'importe quel homme qu'il est unique, qu'il est le plus beau, le plus brillant que mémoire de soleil ait connu. Elle pourrait, si elle le voulait, donner aux hommes à rêver de la chute exceptionnelle de ses reins, jusqu'à leur faire perdre leur langue.

– Allons, Fatou !... On en a connu d'autres, toi et moi, n'est-ce pas ? En fait, je me demande ce qui te pousse à m'accepter sous ton toit, à t'imposer une telle fatigue pour t'occuper de moi. Pour quels motifs ? Quelles raisons ?

À ces mots, elle est prise d'une étrange bizarrerie : elle rit, rit comme une idiote, rit si fort qu'elle n'arrive pas à se calmer.

– Qu'est-ce qui t'amuse autant ?

Elle tente de me répondre, mais rit encore, comme si la moindre de ses pensées était cocasse.

– Parce que..., hoquette-t-elle... Parce que t'as la chance d'être folle, ma chérie ! Complètement barge !

Je reste sans voix et elle continue d'une voix atone :

– D'après toi, pourquoi tous ces hommes, hein ? Ne me dis pas que t'es naïve au point d'ignorer que baiser une folle est un puissant remède contre les maux de la terre ? Tu as le pouvoir de guérir les hommes avec ton sexe, l'ignorais-tu ? Quelle chance ! Ils sont prêts à tout t'offrir à condition que...

– Mais... mais il ne s'agit que d'un jeu ! Je ne...

– Oh, que si ! s'exclame-t-elle d'une voix devenue aiguë. T'es vraiment folle, folle à lier ! Une femme qui s'offre ainsi au tout-venant, soit elle est folle, soit c'est une pute ! T'es pas une pute. L'argent tu t'en moques, pas vrai ?

Je ne lui dis pas ce que je suis vraiment. Je l'ignore encore moi-même. Je suis quelque chose de nouveau. Quelque chose de dépravé, de dissolu, sans scrupules, qui dévore la vie d'où qu'elle vienne ! Quelque chose construit avec très peu de vertu, énormément d'abjections et de vices ! Quelque chose qui ne croit guère au communisme des intérêts, et encore moins à celui des corps ! Le sexe n'est qu'une confluence d'images, une transmutation des souffles. Je ne cherche pas à donner des plaisirs inavouables, mais à revivre plus tard, dans le miroir de ma pensée, le souvenir des plaisirs emmagasinés.

Il y a un grand silence... Je sais qu'un changement de sujet approche.

— As-tu déjà aimé ? me demande-t-elle à brûle-pourpoint.

— Aimé des choses, tu veux dire ?

— Un homme.

— Quelle absurdité que de focaliser l'immensité des sentiments sur un seul être ! Je n'entre pas dans cette aberration ! C'est totalement irresponsable ! Incongru ! Malséant ! Et que sais-je encore ?

— Ça doit être bien triste de n'aimer personne. Moi, j'aime être aimée et aimer à mon tour.

– C'est pour cela que tu es si malheureuse. Que Dieu me préserve de cette hystérie collective qui rend idiote la plus intelligente des femmes.

– Personne ne peut vivre sans amour, assène-t-elle.

– Ou ne peut accepter l'idée de mourir sans être certain que quelqu'un, quelque part, va le regretter. C'est pour lutter contre la mort qu'on se dit qu'on s'aime et qu'on fait l'impossible pour avoir des enfants. Pourquoi n'as-tu pas d'enfants ?

– Je ne suis pas fertile. Les enfants me manquent.

– J'en suis désolée.

– Ou tu t'en moques... Je me trompe ?

– Tu as raison... Je déteste les enfants... Je reste convaincue qu'avec l'avancée des civilisations, les femmes n'en feront plus.

– Ma culture à moi n'avancera jamais, répond Fatou.

– Faux... Comme toutes les civilisations, elle grandira, vieillira et finira par mourir. À moins qu'elle ne se transforme.

– Je n'aimerais pas vivre dans un univers sans cris d'enfants, assène encore Fatou.

– Je trouve incohérent de fuir sa propre existence en se reproduisant. C'est tout aussi con d'investir dans quelque chose d'aussi versatile qu'un homme.

– On ne choisit pas. L'amour vous tombe dessus à l'improviste. J'espère que tu auras la chance d'expérimenter cette émotion qui rend triste et heureux à la fois.

– Romantisme de gonzesse. L'amour est mort bien avant notre ère. D'après toi, Ousmane t'aime-t-il ?

– Je préfère le croire.

– Bonne réaction. Que ferais-tu s'il entrait dans cette pièce et t'annonçait tout de go qu'il ne t'aime plus ?

– C'est impossible ! hurle-t-elle, les nerfs en pelote.

– Pourquoi ?

– Parce que tant que je le tiens en haleine sexuellement, il ne m'abandonnera pas.

– Tu parles de sexe et non d'amour...

– C'est sa façon de m'aimer. Je n'ai pas pu lui donner un fils, alors je compense. Je l'aide à créer des situations rocambolesques qui augmentent sensiblement nos plaisirs. Ainsi, dans son esprit, il n'y a plus de place pour penser à une vie de famille avec les enfants et tout le tralala. Il a de charmantes visions, des divertissements inté- rieurs qui remplacent, je l'espère, les babillages d'un bébé.

– T'es fabriquée comme une vraie femelle, lancé-je, méprisante.

– J'aime ta hargne à mon égard.

– Masochiste, Fatou ?

– Pragmatique.

– C'est en contradiction avec l'amour tel qu'il est entendu généralement. Parle-moi de votre amour.

– Il ne se raconte pas, dit Fatou. Il se vit dans la chair, quotidiennement. Si je te le raconte, l'histoire n'aura plus de sens.

– Laisse-moi en juger.

Elle se lève, se penche vers la fenêtre où le vent souffle dans les airs, fait tourner les ordures en danses brèves et tempétueuses. Son esprit descend dans de telles profondeurs de solitude que je ne bouge pas. Puis sa langue se met à fonctionner, d'abord maladroitement comme un serpent agité de soubresauts désordonnés.

C'étaient les vacances. Une routine paisible jetait les citadins sur la place du village. Ils paradaient sous le fromager ombrageux, sûrs de leur supériorité d'hommes de la ville. Cette année-là, le père d'Ousmane était le détenteur patenté des connaissances léguées par l'Europe. On s'agglutinait autour du citadin pour qu'il nous épate ou nous mente. On ponctuait chacune de ses phrases par un « Ça alors ! » retentissant. Même les reptiles cessaient de s'agiter pour l'écouter. Fatou devait avoir cinq ou six ans. Elle aussi voulait l'écouter, elle ne le pouvait pas, elle n'était qu'une femme. Elle faisait comme celles de son sexe, elle traînait des pieds près du cercle magique, assez longtemps pour capter quelques bribes des conversations.

C'est alors qu'elle le vit, accroupi à côté de son père qui parlait. Il dessinait sur la terre rouge. Elle n'avait jamais rien vu de plus beau que ce garçonnet dont les vêtements semblaient avoir été confectionnés de pièces d'étoffes différentes : un morceau de basin bleu pour les poches, un rectangle de coton jaune pour le col, un carré de pagne à fleurs pour le dos. Il ressemblait à un clown échappé d'un cirque, voilà ce qui lui plut. Il se précipita vers elle sans crier gare et lui dit :

– Moi, c'est Ousmane. Et toi ?

– Moi, c'est Fatou.

Ils restèrent un moment à se regarder puis, sans ajouter un mot, il se mit à courir en direction de la savane. Elle se jeta à sa suite. Ils coururent jusqu'à l'endroit où le vent prend naissance pour briser la tête des mils, et où les chevaux sauvages hennissent au nez des imprudents. Là-bas, au bord de la rivière, ils s'arrêtèrent, ramassèrent des galets qu'ils jetèrent dans l'eau.

Ainsi naquit leur amour. Dès lors, ils se prenaient la main et couraient, disparaissant là pour réapparaître là-bas, jetant dans les airs des éclats de rire si clairs que les antilopes s'enfuyaient. Les villageois, qui voyaient grandir cette chose magique, riaient à leur tour : « Ah, ces mômes ! » Ils ne songeaient pas à l'amour. Ils ne pensaient pas à la sexualité. Les adultes rirent encore lorsque le moment vint pour le couple impubère de se quitter. Lorsqu'ils virent les deux enfants se jeter dans les bras l'un de l'autre en pleurant, qu'il fallut toute la hargne des grandes personnes pour les séparer, ils s'exclamèrent en riant : « Ah, ces enfants ! »

Mais dix ans plus tard, lorsqu'un berger les surprit faisant l'amour dans les futaies, les villageois essuyèrent leurs lèvres. Il fallut bien que Ousmane se justifiât. Et il choisit les mots convenables, ceux qu'il aurait dû prononcer avant de découvrir la nudité de Fatou :

– Fatou et moi, on se marie.

Ainsi fut-il fait, dans l'offrande des lumières, des couleurs délicates et du blanc absolu. On les félicita parce qu'ils en étaient venus aux bonnes mœurs : « Quel beau couple ! » On les ovationna aussi parce qu'ils assuraient la pérennité des traditions : « Que Dieu vous donne de magnifiques enfants ! »

Dans cette même maison, Ousmane l'avait idolâtrée. Il jetait des pétales de roses sur son chemin afin qu'elle ne se salisse point les pieds. « Ce ventre va mettre au monde mon fils ! », ne cessait-il de clamer en s'abandonnant en elle. Il agrémentait son bain de bougainvillier parce que, disait-il, elle en avait la délicatesse : « Ces entrailles vont me donner un fils ! »

Mais trois ans passèrent sans que les lunes n'apportent le fils souhaité... ni même l'ombre d'une simple fille ! Comme au ralenti, les frissons bénéfiques disparurent ; les belles couleurs se ternirent et, presque simultanément à ce désenchantement, apparurent des images désaccordées. D'abord opaques. Ousmane donna au temps le temps de les préciser.

Il s'installa durant plusieurs jours chez Madonne, une veuve éplorée qui habitait avec ses deux beaux-frères. Il l'avait croisée à l'arrêt de l'autobus, à l'heure où le ciel devient vert et la terre basse, où les carnassiers rêvent de revêtir l'habit des humains.

– T'as l'air triste, mon garçon, lui dit-elle. Puis-je savoir ce qui t'arrive ?

– Rien.

– Je t'observe depuis tout à l'heure. Plusieurs bus sont passés, tu n'as pas bougé. Un homme qui laisse partir un autobus a forcément des problèmes. Et des sérieux ! Si t'as besoin d'aide... j'habite juste là, à côté...

Ousmane l'avait suivie, sans excitation aucune... Il voulait juste donner le temps au temps de ranger le puzzle de ce que serait sa vie de couple sans enfants... En outre, comment eût-il pu projeter un quelconque désir sur une femme vieille et outrageusement maquillée ?

Madonne vivait dans une maison sale, dans un quartier d'immondices. Des canettes de bière traînaient çà et là. Des vêtements pourrissaient en tas dans des paniers d'osier, et cette crasse ne la gênait pas, comme s'il s'agissait d'une situation artificiellement voulue. Deux hommes aux bras poilus jouaient au lido sur une table bancale. Leur ventre débordait de leur ceinture. Leurs pommettes saillaient et leurs yeux rouges d'alcooliques brillaient. Ils se précipitèrent sur elle lorsqu'elle entra avec Ousmane. « Ah, maman est de retour ! »

Sans autre cérémonial, ils libérèrent les énormes tétons qu'ils sucèrent goulûment en les malmenant.

– Tu nous as manqué, dirent-ils de concert.

Elle écarta leurs têtes, comme l'on fait à des enfants capricieux, s'adressa à Ousmane sans embarras aucun :

– Je te présente mes beaux-frères ! On vit ensemble depuis la mort de mon mari. Veux-tu boire quelque chose ?

Il réclama un verre d'eau. Il aurait pu demander n'importe quoi d'autre, parce que le destin s'obstinait à lui refuser l'essentiel : la joie d'être père.

S'il ne vit pas le moment où Madonne se déshabilla, il la vit nue, à quatre pattes. Ses longues

mamelles touchaient le sol ; ses cuisses celluli-
tées tremblotaient ; son ventre boursouflé de
graisse ballottait dans le vide. Elle semblait
trouver évidente cette position obscène. Les deux
beaux-frères caressaient cet amas de viande à
l'aveuglette : « Ah, maman ! Gentille maman ! »
Ils écartaient ses fesses, offraient à tout regard
indiscret une vision panoramique de son gigantesque pubis. Son clitoris était accroché au centre
tel un fruit solitaire. Elle avait des poils si longs
qu'on aurait pu les tresser. Ils beuglaient en la
fourrageant, soumis à cette frénésie folle que pro-
curent les femmes monstrueusement perverties
par un physique spécial. Ils la pénétraient à tour
de rôle avec une violence inouïe. Sous leurs
assauts, elle gémissait telle une ânesse prise par
les douleurs de l'enfantement. Par moments,
épuisée mais comblée par ces deux pilons, elle
s'écroulait. Ils attrapaient ses hanches pour
l'escalader et mieux la faire recevoir cette force.
Puis, se souvenant de la présence d'Ousmane, ils
l'interpellèrent :

– Viens donc t'amuser avec nous !

Hébété, excité comme un oiseau volant entre
Dieu et l'humanité, le maréchal d'Ousmane à la
recherche d'horizons inconnus voulut connaître
les hautes régions de l'air. Il voulut voler avec
les peuples aériens et brûler les ailes des hiboux.
Il oublia tout ce à quoi il tenait : sa tranquillité.

Il s'engouffra dans cette chose flasque qui engloutit toute sa masculinité, lui arrachant des gorgées de putréfaction enfouies dans son âme. Le ciel se brouilla devant ses yeux. Les tam-tams du soleil firent résonner dans sa tête des cantiques qui lui firent connaître les joies d'une existence morbide.

Il se vautra dans cette canaillerie. Il y découvrit les plaisirs de la sodomie et les déviations insensées d'une passion défleurie. Il ne le fit ni pour l'or ni pour le diamant, mais pour des royalties bien plus bénéfiques encore : la coordination précise de son puzzle matrimonial.

Il revint chez lui au moment où les couleurs de la nuit reconnaissaient le premier chapitre des chants du jour défunt. Une myriade d'étoiles brilla dans les pupilles de Fatou. La présence d'Ousmane aérait tant son cœur qu'elle laissa les mots ingrats dormir au tréfonds de son âme.

– Viens ici, dit-il à Fatou avec violence.

Il l'entraîna dans la chambre, déchira ses vêtements. Il la jeta sur le lit et une lame luisit dans sa main. Il épila ses aisselles, ses jambes et son sexe. Il l'habilla en garçon et lui fit l'amour en la traitant de pute. Il dépensa une fortune dans un magasin de lingerie, lui offrit des sous-vêtements dépravés, des robes d'intérieur à enflammer une montagne et des cache-sexe affriolants. Dès lors, il l'arrosait de vin et l'aimait comme une tenancière. Quelquefois aussi il la déguisait en fillette corrompue. Il lui administrait des claques sur les fesses avant de la posséder. Souvent, il se transformait en père scandalisé par la désobéissance de son enfant, il la grondait puis la violait. Très souvent, c'était le maquereau dominateur, violent et vulgaire qui peuplait leurs soirées. Ces scénarios la trouvaient toujours disponible, inventive, s'amusant comme une actrice dans un film.

Puis, un soir, il contempla ses tresses hennéfiées, puis ses lèvres.

– Dorénavant, lui dit-il, tu dois réinventer l'amour pour me retenir.

C'est ce qu'elle fit car elle comprit que le théâtre, le grotesque, la dépravation, la lascivité sans âme, ces jeux pervers, excitants mais dangereux, sauveraient leur amour agonisant et donneraient un sens à leur couple qui n'avait d'autre objectif que celui de vivre à deux.

Dans l'obscurité émergeante, les crapauds chantent la fin de la pluie. J'ai la vague impression que les mots se sont taris dans la gorge de Fatou. Tout est calme et plat. Elle fouille le sol de ses orteils. Je sais, rien qu'à la regarder, que ses sens sont détraqués par les émotions suscitées par son récit. Elle se tourne vers moi :

– Et toi ? me demande-t-elle. As-tu connu quelque chose de dense, de fort, qui t'ait bouleversée, choquée, émue ?

– T'es à pleurer, ma vieille ! Seuls les petits esprits se laissent séduire par ce genre d'expérience.

– T'as pas de regrets d'avoir volé ce bébé ?

– Qui te l'a dit ?

– On en a parlé à la radio. Étant donné les circonstances, le lieu où le cadavre a été retrouvé, j'ai deviné que ce ne pouvait être que toi !

– Tu aurais pu me dénoncer à la police et te débarrasser de moi par la même occasion. T'es vraiment conne, Fatou !

– Tu n'as toujours rien compris. Tu es avec nous, mais en même temps tu n'existes pas. Tu n'es qu'une simple variante dans nos représentations. Accepter les éléments, humains ou objets, qui contribuent à améliorer la qualité de notre sexualité, est une prouesse de mon intelligence.

La colère monte à mes joues. Je regarde mes mains et m'aperçois qu'elles tremblent. L'important, me dis-je, est de calmer mon agitation en fabriquant des hypothèses rationnelles.

– Très simpliste, ta conclusion, dis-je.

– Les plus grandes découvertes ont toujours été d'une simplicité hallucinante. Alors, tu me racontes ton histoire ?

– Mon histoire est un conte réservé aux adultes. T'es encore trop gosse pour l'écouter. Je ne voudrais pas souiller de si gentilles oreilles.

– Ces scrupules m'étonnent de toi.

– Il ne s'agit pas de scrupules, mais de bon sens ! As-tu déjà fait marcher un dormeur, hormis les somnambules ?

– Non.

– Tu constates donc par toi-même que je ne peux raconter ma vie à quelqu'un qui n'a pour toute expérience que sa vie de couple.

– C'est par pure méchanceté que tu ne veux pas me parler.

Pendant un temps très court, j'ai envie d'avancer ma main, de saisir la sienne et de lui dire des mots qui annuleraient ces choses qui nous séparaient : sa situation maritale, son éducation, sa vision de la vie, son sens de l'amour et du partage.

Je pourrais prendre sa main, l'écouter, essayer de comprendre et trouver de l'admiration dans ce qu'elle est et dans ce qu'elle représente. Puis une fois assises dans l'obscurité comme deux vieilles amies, je lui révélerais les abîmes de mon véritable esprit. Nous continuerions cette conversation réparatrice jusqu'à l'aube... Une aube nouvelle pour moi, différente de celles que j'ai connues jusqu'à présent... Une aube opposée à celle des perversions sexuelles, des vols, des abus de confiance, des tricheries... Une de ces aubes nouvelles qui constituent pour tout être humain l'essence d'une véritable destinée.

Mais pour cela, il eût fallu que j'aie un centre. J'ignore ce que c'est. Je n'en possède pas. Je suis une incohérence née du destin. Alors je mets dans ma voix toute la distance nécessaire pour lui dire :

– Épargne-moi d'être ma bonniche ce soir... Je n'ai pas faim.

Je reste seule avec ma colère contre cette impudente qui vient d'attenter à ma suprématie. Des idées aussi perturbées que ma personnalité traversent le ciel de mon esprit. Elles s'éparpillent, disparaissent, ne laissant qu'une réalité : ces hommes m'avaient baisée parce qu'ils me croyaient folle ! Oui, mais une folle capable de changer leur destin ! En titubant, je regagne ma chambre. Je m'allonge, les mains en croix sous ma tête. Deux cafards se coursent sur le plafond. Un lézard albinos me toise : « Qu'est-ce que tu as, ma chère ? », me demande-t-il.

Au fond, j'aurais voulu être quelqu'un de bien. J'aurais voulu ressembler à ces jeunes filles obéissantes que tout le monde respecte. Mais moi, à seize ans, j'avais déjà épuisé mon stock de sympathie, de cordialité et de bienveillance. Je l'avais bradé, sans trop savoir pourquoi, dans un monde maladivement oppressant. Je l'avais soldé dans un univers où beaucoup de choses n'ont pas été nommées par le bon Dieu. Je n'ai même plus de conscience, d'ailleurs qu'est-ce que c'est ?

Mon cœur pèse. Je ne me l'explique pas. L'espace d'un moment, mon miroir mental fixe le futur. Il n'y voit rien... Rien qu'une horrible désintégration de la matière. Je ne veux pas me laisser dominer par le corps. Je ne veux pas attendre qu'il décide seul d'en finir avec moi. Je suis si mal avec moi-même que j'ai besoin d'un verre de vin ou d'une cigarette. N'importe quoi qui me rende euphorique... Je suis accablée par un terrible sentiment de culpabilité. Je n'ai rien fait de ma vie. Pour me sauver, je m'abandonne à des faux fantasmes : je reprends mes études là où elles n'ont jamais commencé... je rencontre un jeune diplômé de l'université... on se marie. Ou : j'entre dans un couvent, me consacre aux lépreux et aux enfants abandonnés.

Je m'accroche à ces projections positives comme à un rêve salvateur. Je sais que je suis incapable d'agir en conséquence. Alors je reviens à ma pauvre réalité.

De mon lit, je sens une véritable fougue dans mes veines ! Je suis une déesse capable de faire ce qu'a fait le Christ, mais en plus jouissif : guérir avec mon sexe ! Dorénavant, je serai la Nivaquine contre le paludisme ! l'aspirine contre les maux

de tête ! les vaccins contre l'épilepsie ! les anti-
viraux contre le sida ! Dans la dépravation, je
ferai disparaître la paresse ! la lèpre ! le goitre !
le mensonge ! la jalousie ! la haine ! Je suis le
remède contre la régression sociale des individus
et des sociétés.

La démesure de mon dessein me galvanise. Je
m'engloutis dans mon imaginaire pour mettre au
point la réalisation de mon projet érotique. J'y
déploie des trésors de sophistication sexuelle
pour anéantir, à moi seule, tous les maux dont
souffre le continent noir – chômage, crises,
guerres, misère – et auxquels, malgré leur savoir,
les grands spécialistes de l'économie et de la
science n'ont pu trouver de solutions.

Je crois tant en ma mission que j'ai chaud aux
os. Le ciel de ma mémoire est plein de joie,
comme si Dieu avait donné un coup de pouce
supplémentaire à ma voracité.

J'ignore quand je me suis endormie, soûlée par
la perspective d'un avenir d'une grande densité
émotionnelle. Des rais de lumière provenant du
salon m'indiquent que c'est l'heure des faux bon-
heurs. Quelque part dans la ville le baryton d'un
hibou reprend ses lamentations en écho.

Je me lève en titubant, hébétée par ce sommeil
que je n'avais pas recherché. Mon attention

dérape tel un cerf-volant fou. Je marche en ivrogne. Des gémissements provenant du salon m'alertent. De là où je suis, je les aperçois et reste muette devant la beauté de leurs corps sur lesquels la lampe tempête expédie des lueurs jaunes.

Ousmane râle, corps abandonné, comme si à l'intérieur de lui une digue gigantesque s'était rompue : « Je t'aime ! Oui, oui ! Je t'aime ! Tu me fais peur ! Je t'aime ! » De sa langue, Fatou le caresse. Elle désigne chaque partie qu'elle touche. Elle la nomme, la plébiscite d'une voix rauque et je me rends compte que sa voix est une arme d'un érotisme féroce.

L'intensité licencieuse de ce tableau me coupe le souffle. Il m'apparaît insensé de briser la sphère de ces évocations qui décuplent leur plaisir : « Prends-moi ! Aide-moi ! Aime-moi ! », ne cesse-t-il de supplier. Elle pose ses lèvres charnues sur son sexe. Elle le happe, puis le câline d'un mouvement circulaire de sa bouche. Elle chantonne : « Je t'aime... moi aussi... mon amour ! »

Alors un chagrin subtil me serre la gorge. Une impression de puéril abandon, sans doute. Je ne veux pas être témoin de leur orgasme. Je ne veux pas déranger les voyageurs des sens, ceux qui se racontent la vie en prose, en poésie, en notes, afin de broder de magnifiques canevas d'histoires. Je me déplace dans l'ombre avec lenteur.

Quelqu'un tourne le loquet de ma chambre. Je ne réagis pas. J'entends des pas qui s'éloignent. Puis encore quelqu'un qui frappe doucement, s'éloigne à son tour. Du salon, des voix claquent de fureur contenue. On dirait une direction d'entreprise qui s'aperçoit de l'absence de l'employé chargé de l'ouverture du magasin. D'autres ont cogné à nouveau, je n'ai pas bougé. Je suis une hirondelle : je survole les prairies, les montagnes et les continents. Maintenant, je suis un singe sur un arbre et, de là où je suis, je crotte sur la tête des humains. Tiens, je suis une gazelle, je galope à une telle vitesse que je rends fous tous les animaux de la savane. Je me transforme en porc-épic dans les buissons, puis en vipère et en papillon. J'atteins l'apogée de ma métamorphose lorsque je me mue en lionne. J'ai l'impression d'atteindre la strate la plus élevée de la magnifi- cence darwinienne.

– T'es sûre que tout va bien, Irène ? C'est moi, Fatou. Ouvre !

– Non !

– Je t'en prie, Irène. Ils sont tous là ! Ils t'attendent.

– Pour exercer leur activité sexuelle ?

– Se soigner. Quand on a un don, on en fait profiter l'humanité dans sa globalité !

– Ça ne te convient pas du tout de te poser en moraliste.

Fatou s'indigne :

– Quel manque de respect envers mon mari et moi qui nous sacrifions pour toi !

– Le manque de respect consisterait à faire croire aux gens que je suis folle. Qu'avec mon sexe je pourrais éloigner d'eux les malheurs.

– C'est excellent, ma chérie ! As-tu déjà vu un fou reconnaître sa folie ? C'est excellent !

– Je te trouve bien impertinente de décider de ce que je suis à ma place !

– Simple renversement des rôles...

– Bon, j'accepte... Je suis un être nuisible.

– T'es vraiment énervante.

– Quand je le veux, oui !

Soudain, d'autres voix se joignent à celle de Fatou pour me convaincre d'ouvrir. Elles s'entremêlent. Elles disent que je dois les respecter. Elles prétendent qu'aucun être humain n'existe en tant qu'électron libre mais que chacun fait partie d'un système de dépendance complexe. Les mots fusion, entrelacement des destins sont ceux qui reviennent le plus. Ils affirment qu'en agissant ainsi je contribue à détériorer la qualité des relations humaines et que, si chacun reste en lui-même, inerte comme un égoïste, l'univers basculera dans le néant.

Ces paroles déchirent ma quiétude, ouvrent en moi le désir irrépressible de connaître l'apparence physique de ceux qui me parlent ainsi.

Je quitte ma chambre et ils applaudissent. Ils sont heureux parce qu'ils n'ont pas d'autres choix que de subir mes caprices : « T'es chouette ! », crient-ils parce que je leur ai permis de délaisser leurs langages intellectuels pour écrire une histoire fleurie de lascivité érotique et de masturbation incantatoire. D'un pas presque coordonné, professeurs d'université, chauffeurs de poids lourds, vieilles fripées, unis dans l'espoir d'un monde meilleur, me suivent à la queue leu leu jusqu'au salon.

– Je vous écoute, dis-je en prenant place au milieu de la pièce, tandis qu'ils se répartissent sur des bancs, le long des murs.

Ils écarquillent les yeux comme des taupes et, de nouveau, imposent leurs voix : Que veux-je savoir exactement ? Leur nom ? Leur date de naissance ? Les origines de leurs parents ? Les écoles qu'ils ont fréquentées ? Leur profession ?

Sont-ils polygames ou monogames ? Aiment-ils leur conjoint ? Mais que vais-je bien pouvoir faire de ces informations qui, en réalité, n'ont qu'une importance administrative et mathématique ?

J'éclate de rire, puis je me mets à chanter un chant sans mélodie avant de dire avec une arrogance froide :

– Je veux que chacun d'entre vous me raconte une histoire... Je précise : une histoire qu'il a réellement vécue, avec du sexe, du sang... Quelque chose d'exotique, quoi ! Après je céderai à tout ! Je vous écoute.

Ils regardent le sol puis la ruelle au loin, déserte à cette heure chaude de la journée. Comment vont-ils éviter d'étaler aux yeux du monde leurs canailleries ? me demandé-je. Il y a un gros, si obèse qu'il ressemble à une énorme boule. Deux sacs en plastique sont placés entre ses jambes. De temps à autre, il y plonge ses doigts boudinés, en ressort des morceaux de viande qu'il mange. Sa bouche fait un bruit de cacahuètes écrasées. Dans quelle position fait-il l'amour ? Et la jeune femme, éclatante à ses côtés ? Elle si fine, si belle ! Comment fait-elle pour accepter sur son corps un tel poids ? « Les femmes sont courageuses », disait ma mère. Elle n'avait pas tort ! Et puis l'homme assis à l'angle de la pièce m'intéresse. Que cache-t-il derrière sa veste d'excellente qualité ? Ses cheveux coupés ras témoignent d'une bonne position sociale. Il est, j'en suis convaincue, de ceux qui ne font jamais des blagues de mauvais goût sur leurs voisins, mais qui, néanmoins, derrière des persiennes baissées, vivent des extravagances érotiques.

Je le fixe, d'ailleurs on n'a pas cessé de se fixer depuis tout à l'heure. Je le regarde avec mépris pour lui faire comprendre que sa réussite est due aux complots, aux coups bas, aux intrigues d'alcôves, aux jeux de cartes truqués qui favorisent les plus malins et non ceux qui font preuve d'un grand professionnalisme. J'ai à son égard une haine inexplicable et, à son expression, je perçois qu'il commence à tisser à mon encontre des sentiments de rejet.

– T'es pas comme nous, lui dis-je soudain. Qu'est-ce que tu fais là ?

– En dehors du fait que j'ai une voiture, je suis exactement comme tout le monde ici. Je dois travailler pour élever mes enfants.

J'éclate de rire. Je sais à quel point le rire peut être une arme mortelle pour l'orgueil de l'adversaire. Je suis si experte en manipulation que je ne loupe pas ma cible. L'inconnu, Diego, c'est ainsi qu'il se prénomme, est anéanti. Il a pensé, l'espace d'un moment, que ce qu'il avait dit allait le faire accepter dans mon cercle magique, transformant l'exploiteur qu'il est en exploité, le patron en employé apprécié de tous, et tout d'abord de moi, la grande prêtresse de cette étrange réunion.

Ses épaules se voûtent... On dirait un homme écrasé par dix heures de labeur. Je me sens euphorique comme toujours quand, instinctivement, j'arrive à atteindre mon objectif. Je le vois se servir de sa respiration pour se calmer. Au sud s'avancent des nuages spectaculaires annonçant la pluie. Je me dis que j'aimerais vivre sous un ciel plus clément, n'importe où dans le monde, là où il n'y a pas d'humains, où je n'entendrais pas les cris des enfants, les vrombissements des voitures qui s'approchent et s'éloignent...

C'est alors que la voix de Diego s'élève dans un excès de désespoir quasi mystique. Il aime l'emphase ! Il aime s'écouter parler ! Il observe les visages de ses auditeurs, quêtant un intérêt, et alors son plaisir se met au diapason de leur attente.

— Mon histoire est courte, commence-t-il. La patronne s'appelle Madeleine. Elle a une maison à étages et aime à se rajeunir. Sa peau est lisse et j'admets qu'elle a des formes magnifiques pour son âge.

— Quel âge précisément ? demandé-je.

— Je n'en sais rien ! Son mari était mort, six mois auparavant, et l'avait laissée à la tête du magasin. Nous étions quatre employés à son service. Un soir, c'était en 67... Peut-être en 87... Je ne sais plus... Le temps, vous savez, le temps n'appartient qu'à lui-même. Elle nous avait invités à venir dîner chez elle, sans nos compagnes, bien sûr ! À l'époque, je n'étais pas marié. Je vivais avec une superbe métisse qui répugnait à s'offrir à moi. J'ignorais si elle avait un amant. Pour mon équilibre, je ne lui ai jamais posé de questions à ce sujet.

« Mes collègues étaient présents quand j'arrivai. Il y avait là Alain, Célestin et Bertrand. Nous étions tous très guindés avec nos costumes noirs, nos chemises blanches et nos cravates jaunes. Très gênés aussi parce qu'elle nous avait toujours connus débraillés, vivant dans son ombre. Elle était particulièrement belle ce soir-là. Sa robe rouge partait en plis souples de ses épaules, ceignait sa taille avant de s'étendre en voile le long de ses magnifiques jambes. Je le dis car, à maintes reprises, alors qu'elle me donnait des ordres – va, amène, prends –, j'avais eu envie de les caresser jusqu'à la jouissance. La beauté de ses yeux noirs était accentuée par un crayon bleu de nuit ; ses lèvres, auxquelles elle pouvait donner l'expression qu'elle voulait – mépris ou appel à la sensualité –, vous invitaient à les mordre. Elle nous servit elle-même des mets somptueux, ce qui m'étonna : du porc-épic à l'étouffée, du crocodile sauce rouge, du ngondo, ainsi que des gâteaux de mil, de maïs. Il y avait du très bon vin, ainsi que du champagne.

– Où vit-elle ? demande le gros monsieur qui mange. Une femme qui sert de tels plats, je l'épouse tout de suite !

– Du champagne ? fis-je, interloquée. Cette pouffiasse s'amuse à inviter des clodos et elle leur sert du champagne ? Ton histoire, c'est du pipeau, mon ami !

– Ta remarque est bonne, mais fausse, me dit Diego. Où est la vérité ? Seul ce que nous avons décidé de considérer comme vrai l'est !

– Tu ne vas quand même pas l'interrompre, alors que c'est toi qui voulais qu'on te raconte une histoire ! s'insurge l'épouse du gros.

– C'est juste, fis-je... Excuse-moi... Je t'écoute, Diego.

– Je me demandai au cours du repas pourquoi la patronne avait décidé de nous inviter. S'agis-sait-il d'une prime au rendement ? Pendant ce temps, elle parlait, riait, et je mis quelque temps à m'apercevoir qu'elle nous narrait sa vie intime ! Par exemple, qu'elle s'était fait dévierger par un cousin dans un champ de manioc ; qu'elle avait participé à un concours de beauté à Obala... Miss de ce bled paumé qu'est Obala ! Vous vous rendez compte ? Pendant le dîner, elle était assise en face du président du jury, un richissime mar-chand de meubles, déjà un peu vieux, dont les propos rigides sur le comportement des jeunes filles l'agaçaient. Elle ôta ses chaussures sans le quitter des yeux, fit grimper ses pieds sur ses jambes et attrapa son sexe. Il eut un mouvement convulsif puis se ressaisit. Elle entreprit de le masturber sans cesser de manger. Il faillit s'étouffer en jouissant. Assommé de nourriture et de plaisir, il lui demanda : "Qu'est-ce que t'as encore à faire pour le restant de tes jours ? – Rien. – Alors épouse-moi !"

– J'aurais fait de même ! s'exclame le gros, extasié.

– Tais-toi, ordonne sa femme. Puis, se tournant vers Diego : Pardonne les mauvaises manières de mon mari. On t'écoute.

Diego se racle la gorge avant de continuer :

– Je mangeais avec avidité, les yeux fixés sur le mur tant je craignais de croiser le regard de mon hôtesse. Puis, soudain, elle éclata d'un rire inquiétant : "Vous êtes des imbéciles ! dit-elle. Voilà près de deux heures que vous êtes ici, et aucun de vous n'a essayé de savoir pourquoi je vous ai conviés !"

« Nous restâmes bouche bée, tels des enfants pris les doigts dans le pot de confiture. L'un de nous bafouilla quelque chose d'incompréhensible ; un autre prétexta que ses paroles nous ensorcelaient et dispersaient notre esprit, ce qui correspondait à la réalité. Un grand silence s'installa et ce qui s'ensuivit fut particulièrement inhabituel. "L'un de vous, commença-t-elle, est l'homme de ma vie. Celui qui doit m'accompagner jusqu'à ma mort, fermer mes paupières à l'instant fatidique et orner ma tombe de roses éternelles. Celui-là, je m'en occuperai comme du fils que mes entrailles n'ont pas porté ; je le ferai avancer dans la vie pas à pas jusqu'à l'exaltation ; mes attentions et mes caresses balayeront ses doutes et ses angoisses ; il me prendra dans ses bras et le monde deviendra serein..." Étourdis par ce flot de paroles que rêverait d'entendre le plus cynique des hommes, nous restâmes paralysés, lorsqu'elle mit *No Woman, No Cry* de Marley, laissa glisser sa robe sur la moquette, et que ses seins fermes, son ventre rond apparurent à nos yeux émerveillés. Elle tendit ses bras au plus jeune de mes collègues et ils tournoyèrent dans la pièce. Elle se frottait à lui, caressait son sexe, souple et ondulante tels ces roseaux que le vent malmène dans les marécages. Elle ondoya des hanches, s'agenouilla, fit éclore son sucre d'orge qu'elle suça, gloutonne. Il haletait d'une voix étouffée, le corps penché à l'arrière. Ce plaisir urbain le faisait planer. Je le dis ainsi car, de manière imprévisible, il lui courba l'échine et son sexe disparut dans sa moiteur. Il n'y avait aucune douceur dans ses gestes. Elle gémissait, l'encourageait à lui faire l'amour avec toute la puissance

de son jeune âge : "Oui, profite, mon chéri !
Vas-y ! Oui, comme ça !" Elle gémissait, secouait
sa tête de gauche à droite, exaltée, déchaînée,
hébétée : "Venez, mes chéris ! nous cria-t-elle.
Venez, mes amours !"

« Un fourmillement d'excitation survoltait
l'air. Nous avions entre les mains notre patronne,
une bourgeoise respectable avec des manières de
catin. J'étais dans un tel émoi que je ne saurais
vous dire quand mes collègues se retrouvèrent
nus. Il y eut une succession de rêves, de fantasmes
réprimés, de désirs inavoués qui me paralysaient.
Madeleine jouissait dans ses entrailles, dans sa
bouche, au plus profond de son sexe. Elle eut des
exigences excessives et disproportionnées pour
une femme de son rang. Elle se mit, par exemple,
de dos, sur le ventre du plus jeune, l'enfourcha,
demanda au plus âgé de la pénétrer par la même
voie. De là où j'étais, je ne voyais plus son magnifique corps, juste une juxtaposition de sexes
écartelés. Le troisième attrapa ses cheveux et
enfonça son pénis dans sa bouche. Leurs gémissements retentissaient dans ma tête, dans mes
oreilles, et me rendaient fou. Ils lui firent ce dont
ils rêvaient, tant qu'elle oublia qui elle était, d'où
elle venait, ce qu'elle faisait là. Ils la libérèrent
et s'écroulèrent sur les canapés.

« Je choisis cet instant pour m'approcher
d'elle. Ma langue traça des sillons sur son ventre,

remonta entre ses seins pour s'évanouir entre ses lèvres. "C'est bon, c'est doux, c'est ce que je voulais", gémit-elle. Puis, quand j'entrai en elle, je compris que nos corps ne supporteraient pas de se perdre de vue. Lentement, j'allais et venais, tournais mes hanches pour bien lui faire apprécier la volupté de mon désir : "Mon amour, je t'aime", dis-je, pleurant presque. "Moi aussi, je t'aime." On fit l'amour longuement, avec tendresse, comme pour effacer la tempête qui venait de ravager ses organes génitaux. Gommer le souvenir de mes collègues qui l'avaient baisée ! Biffer l'existence des hommes qui autrefois avaient profané ses chairs ! Son corps se cambra, comme pris de convulsions. Ses yeux se révulsèrent. J'eus un éclair éblouissant. Un violent spasme s'ensuivit. Je m'affalai, épuisé de plaisir.

« Quand je repris mon souffle, je vis que Madeleine gardait les pupilles basculées en arrière et que ses lèvres rouges remontaient sur ses dents en un magnifique sourire. "Mon amour..., dis-je en la secouant. Mon amour... réveille-toi."

« Elle ne répondit pas. Ses bras retombaient chaque fois que je tentais de les soulever, comme sans vie. Elle était sans vie. Je poussai un cri d'effroi : "Elle est morte ! Morte ! Morte !"

« Mes collègues sursautèrent et joignirent leurs hurlements aux miens. On se tut par instinct de survie. Nous agîmes de manière méthodique, tels des assassins. On nettoya la vaisselle. On rangea la maison. On lava la morte en prenant soin de la débarrasser des traces intimes de notre incursion. On lui enfila un joli déshabillé rouge. On l'installa dans son lit.

« On se sépara en bas de l'immeuble et chacun prit une direction différente. Je marchais dans la nuit et des questions me taraudaient l'esprit : avait-elle pris un poison pour se suicider ? Avait-elle orchestré son suicide de manière à mourir de plaisir ? Son arrêt cardiaque était-il dû à l'épuisement physique provoqué par nos assauts ?

« Aujourd'hui encore, ces questions me noient l'esprit et jamais je ne comprendrai ce qui s'est réellement passé. »

Il se tait. Ses lèvres tremblent, ses mains aussi. Il n'est pas nécessaire d'être psychologue pour se rendre compte qu'il souffre atrocement.

– C'est une très belle histoire, dis-je. Mais ce n'est qu'un mensonge.

– Qu'importe ce que tu crois ? me répond-il. L'essentiel est qu'elle t'ait plu !

– À qui le tour maintenant ? demandé-je en promenant un regard perçant sur l'assistance.

– Je n'ai rien à dire, moi ! intervient la vieille édentée. Nous sommes devenus fous. C'est à cause de tous ces machins qu'ils mettent sur orbite dans le ciel... Ces satellites, ces fusées...

Comment voulez-vous qu'on ne soit pas mabouls à voir des gens se promener sur la lune comme dans le champ de cacao de leur père ? Quand on s'amuse avec le bon Dieu, on en paie les conséquences ! Moi, je ne dirai rien !

Je sais que tout le monde est capable de dire, de faire des choses, même les plus folles, dès lors qu'elles sont exigées par la personne qui possède les clefs de notre bien-être financier, sexuel ou psychologique.

Nous sommes dans cette pièce comme dans un compartiment de train et chacun doit jouer le jeu afin de rendre le voyage agréable. En tant que meneuse, je ne peux accepter la moindre désobéissance. Cette attitude pourrait créer un précédent fâcheux, mettant à mal mon autorité. Aussi, je fixe la vieille édentée avec méchanceté presque.

– Petite fille, me dit-elle, je n'ai peur ni du scorpion ni du serpent. Alors, sache que ce n'est pas toi qui peux me faire trembler !

– Loin de moi, grand-mère, l'idée de te faire peur ! Je veux juste faire profiter les gens ici présents d'une douce lumière sur ton visage !

– C'est intelligent, ma fille. Il faut toujours

montrer le meilleur de soi. Mais pour cela, je n'ai pas besoin de faire remonter à la surface les puanteurs encore fraîches de ma jeunesse. Je préfère tisser dans le présent... Retiens ceci, fillette : celui qui parle trop ne garde pas longtemps sa tête sur ses épaules.

À la surprise générale, elle se lève, fait tinter les breloques de fausses pierreries qui pendent à son cou. On la suit du regard. On cherche à détecter la corruption sur son corps exsangue. On sait qu'autrefois des triques glorieuses l'ont fourragée au rythme de leurs bourses ballottantes. Quelles expériences cette viande avachie a-t-elle connues ? Sur quels chemins tortueux s'est-elle perdue ? À quelles sombres débauches s'est-elle livrée ?

Sans user sa salive, la vieille qui ne veut pas parler défait ses pagnes, les entasse dans un coin. Je fais mine de ne pas m'intéresser à sa maigre silhouette, à ses seins qui pendent comme deux gourdes. Je ne la regarde pas lorsqu'elle se met à quatre pattes devant moi, dévoilant sa béance avariée. Je veux désamorcer cette sournoise dignité.

– Alors ? demandé-je. Qui nous raconte son histoire ? Une belle histoire pour nous distraire tous ?

Et parce qu'ils me croient folle et me déifient comme telle, le gros mangeur prend la parole et j'ai une sensation infinie de liberté.

– Je m'appelle Hayatou, commence-t-il sans cesse de s'enfourner des gros morceaux de viande. Et voilà ma jeune épouse Éva – couple sans enfants... La misère, je vous le dis en vérité, rend l'homme plus piquant que des orties... Comment cela est-il arrivé à moi, le plus fort gaillard de mon village ? Je gagnais tous les concours de dos à terre. À chaque moisson des mils, je réussissais à trousser une demi-douzaine de jeunettes dans les champs.

– Toi ? demandé-je, sceptique. Excuse-moi, mais c'est difficile à croire.

– Je n'ai pas toujours été aussi gros, tu sais ? Et si je vous disais que les demoiselles m'avaient délicieusement surnommé le Caterpillar tant je débroussaillais les mottes ? Me croiriez-vous ?

– On n'a pas besoin de te croire, dis-je. Le plus important est que ton histoire nous plaise !

Son malheur avait commencé le jour où on l'avait expédié dans la caserne de la région de Kousséri, royaume de la mouche tsé-tsé, des vipères et de la fièvre jaune.

– Voulez-vous que je vous parle de la guerre ? demande-t-il soudain. Je parle très bien de la guerre. J'ai inventé plusieurs histoires dont chacune améliore la précédente. Je les débite en fonction des circonstances. Qu'en dis-tu, Irène ?

– Suis ton humeur, mon ami, dis-je.

– C'est toi qui commandes ! Et puis, je ne veux pas mobiliser la parole. Peut-être préfères-tu une histoire avec du sang, des tranchées, des têtes décapitées, des canons tonnants et des prisonniers amaigris qui chient de peur dans leurs frocs ?

– Je veux si possible la vérité, coupé-je, agacée.

– Est-ce que je la connais encore moi-même ? Je n'ai jamais raconté celle-ci à âme qui vive !

– Peut-être qu'Éva en a eu la primeur, sans que tu t'en rendes compte ? Il paraît que lorsque les hommes jouissent, leur langue se délie.

– Surtout pas ! Les femmes ont la bouche plus glissante qu'une sauce ngombo.

– Alors, coupé-je, je veux écouter celle-ci. Que cela te plaise ou non...

J'ordonne et je suis la déesse des Eaux, le génie de la Fécondité, du Sol et des Céréales. Je suis la divinité des Forêts et des Savanes. Je suis celle dont les désirs épouvantent le malheur et le font s'embourber dans les marécages. Je suis une caverne miraculeuse qui donne sens aux sept merveilles du monde.

À l'époque de cette guerre-là, Hayatou partageait le minuscule cabanon de son sergent, lui servait de domestique, de garçon de courses et d'homme à tout faire. Chaque soir, à l'heure où le soleil, épuisé, s'en allait dormir, le sergent haletait de plaisir. Le lit Picot grinçait, secoué de spasmes. Des rats s'enfuyaient, apeurés par les hurlements du sergent. Hayatou se demandait bien où ce dernier trouvait du grain à moudre pour son pilon. En dehors des ânesses, des femelles, ici, il n'y en avait pas. Où l'avait-il dénichée ? Les situations les plus scabreuses voletaient dans son esprit. Il imaginait le sergent se livrant aux orgies les plus folles, mais avec qui ? Il se faisait manger la saucisse, mais par quoi ? Il rêvait de lui demander son secret, mais n'osait le faire. C'était son chef, après tout !

Au fil des mois, il se demandait si l'abstinence n'avait pas finalement eu raison de sa virilité, ce qui expliquait le genre de bruits qu'il entendait. Il secouait souvent son sexe dans le vide, puis jetait sa semence dans le vent. Il craignait qu'à force son pénis ne se détache de sa branche comme un avocat pourri, et ne s'écrabouille sur le sol.

Il était tard et la lune dans le ciel éclairait la forêt d'une lumière blafarde faite pour accueillir des conversations étouffées. Il dressait le lit du sergent, penché, le croupion en l'air lorsqu'il entendit des pas. Il reconnut immédiatement les senteurs du vice et de la débauche qui faisaient bouillir ses testicules lorsque, adolescent, il passait devant le bordel en rêvassant.

Hayatou s'arrête de parler, hoquette comme s'il avait déversé des tonnes d'énergie rien qu'à évoquer ce souvenir. Il attrape une poignée de frites qu'il mâche vitement : « Je crains une attaque hypoglycémique », se justifie-t-il. Son visage est trempé de sueur. Son boubou colle à son ventre. D'un geste du bras il s'éponge le front. La bouche pleine, il continue son récit en ces termes : « J'avais le souffle coupé, j'ignorais encore pourquoi. Ce n'était que le sergent, même si je ne voyais pas son visage. De ma vie je n'avais jamais connu une telle étrangeté. Ce qui expliquait sans doute qu'un grondement sourd montait en moi et se déroulait sans fin dans mon cerveau. »

Il entendrait toujours les bottes du sergent cognant contre la terre meuble, puis le frémissement de la crosse prête à s'abattre sur son visage étonné... Puis l'obscurité absolue... Il ignorait combien de temps s'était écoulé. Quand il reprit connaissance, le pilon voyageur du sergent cherchait sa route dans son judas arrière et il ressentait un délicieux frisson dans le bas-ventre. « T'es un homme-femelle, toi ! Je vais te casser l'anus ! Te briser le troufion ! » Le sergent le crevait, sadiquement. Il le pilonnait avec cette violence primaire venue de la nuit des temps. Quand il en eut assez, il retira son manche à plaisir, dégoulinant de sève. « Dis merci à ton roi ! » ordonna le sergent à Hayatou en l'obligeant à embrasser son sexe. Il fut si reconnaissant au sergent que, dès lors, il accepta de sucer frénétiquement sa réglisse sans se faire prier.

– C'est de sa faute si je suis stérile, achève Hayatou. Certain qu'à force de fréquenter assidûment ma lézarde ourlée, le sergent a dû aspirer toute ma virilité !

– C'est possible, dis-je, pensive.

– J'en suis sûr ! Comment expliquer que je n'arrive pas à mettre ma femme Éva enceinte ?

Déjà, il oblige sa jeune épouse à se lever, déboutonne son corsage, fait tomber sa jupe sans que celle-ci s'en offusque. Son front hautain montre qu'elle est consciente de sa beauté de harem, de son corps lascif, de son puits de miel entrouvert, de ses aréoles gonflées. Il lui demande de se tourner et de se retourner :

– Elle est excitante, mon Éva, n'est-ce pas ? Pourtant...

– Peut-être qu'elle n'a pas fait ce qu'il fallait pour..., commencé-je.

Éva a une moue dédaigneuse, puis rétorque :

– J'ai tout essayé. Je l'ai étrillé. Je l'ai titillé. Je l'ai bichonné. Je l'ai agacé de mes quenottes. J'ai flatté et gobé ses burnes, sans succès. Et ce n'est pas tout ! J'ai gratifié son sexe de mille massages au beurre de karité. Le pagne, imprégné de camphre, n'a pas donné plus de résultat. J'ai utilisé les positions les plus scabreuses : celle du singe perché se balançant sur une branche ; celle de l'âne cabré assis sur ses fesses ; celle du poisson-chat pétaradant à la nage... ! Toute cette thérapie n'a servi à rien... Sa tempête refuse de se déchaîner !

– Vous voyez bien que le sergent, à force de m'essarter le derrière, m'a volé ma virilité, dit Hayatou en reniflant. S'il te plaît, Irène, aide-moi à retrouver mes cornes de rhinocéros.

Lorsque les paroles meurent sous sa langue, une gerbe d'étincelles explose dans ma tête. Je fais signe à la jeune femme de s'approcher. Elle s'avance avec simplicité, comme si la nudité était aussi naturelle que le temps pluvieux, le soleil et les mouvements des planètes. Ses pas sont lestes et, au fil à fil qu'elle s'approche de moi, ses mouvements déclenchent les réactions les plus inattendues. Par exemple, Diego n'arrête pas de répéter comme pour lui-même : « Quel imbécile ! Quel imbécile heureux ! » Hayatou se met à faire le tour de la pièce, tel un ours en cage. Il récite six rosaires, oublieux qu'il n'est pas un chrétien.

Éva est devant moi et j'ai d'elle comme une image résiduelle surgie d'un tableau dont le souvenir s'est imprégné dans ma mémoire – à moins qu'elle ne soit une femme des ténèbres, une femme-esprit sortie des méandres de mes rêves. Sans un mot elle s'allonge, croise ses mains sur ses seins.

– As-tu peur de moi, jeune femme ? lui demandé-je.

– Non, je ne crois pas.

– Parce que, dis-je en la caressant distraitement, je t'en ferai faire des choses pour débloquer ces ovaires...

– C'est injuste ! s'insurge Diego. Je suis le premier à avoir parlé. Et c'est elle que tu choisis de guérir en premier. C'est pas juste !

– J'ai décidé que son cas était plus intéressant.

– Tu dois d'abord aider ceux qui peuvent servir à quelque chose ! fait Diego. Nous ne sommes pas responsables de la crispation des ovaires de l'épouse d'Hayatou et de l'inclémence du Destin à l'égard de sa virilité.

– J'ai des pouvoirs qu'aucun d'entre vous ne possède ! rétorqué-je. Mes yeux et mes oreilles captent des éléments inexistants dans l'univers matériel. J'ai mes raisons si mon choix se porte d'abord sur ce couple. Alors laisse-moi faire mon job, Diego !

Je brosse délicatement le clitoris d'Éva tout en chantant une berceuse. Mes doigts s'enfoncent avec difficulté dans sa ravine asséchée par l'abstinence. À moins de me tromper, je vois quelques larmes perler à ses paupières. J'y vais calmement. Je veux éveiller insidieusement son plaisir comme les gouttes d'une pluie tiède sur une terre assoiffée. Les autres nous observent, l'ambiance est mystique et érotique. Ils croisent et décroisent leurs jambes. J'entends leurs cœurs battre à mes oreilles avec violence. Ils cognent si fortement qu'ils entraînent d'inépuisables visions mouvantes. Elles semblent naître de ma peau, s'y installer, grossir, à tel point que j'ai l'impression que le tissu qui me tient ensemble va céder et que mes bras, ma tête, mes pieds vont se détacher et s'éparpiller dans les airs. Ce sont les symptômes du désir dans sa forme la plus absolue. Le ventre lisse d'Éva, ses formes ressorties du bassin, ses jambes magnifiques vibrent dans une luminosité pulsée, avec un éclat trop intense pour être réel.

Je suis en transe et, pour la première fois, je sens la terre tourner dans l'espace. Je découvre que l'univers est plus microcosmique que le corps d'une femme. Je perçois des mouvements étranges. Quelqu'un se caresse. Un autre gémit. Qui a poussé des soupirs ? Je l'ignore. La scène, sous mes yeux, me paraît si irréelle que j'ai l'impression d'être en présence de spectres.

Je ne suis pas la seule à être en déséquilibre émotionnel : chacun a des visions, comme si les chaises, les bancs, les nattes, les tapis d'Allah s'étaient transformés en une grande salle de bal. Soudain, une musique céleste s'élève que nous sommes seuls à entendre. C'est un cadeau du Destin aux malades de l'esprit. Nous jouissons de ce dont les gens normaux ne soupçonnent pas l'existence. Mozart, Bach, Beethoven n'ont jamais existé. Et nous nous déshabillons. Et nous nous élançons, danseurs étoiles perdus dans les confins du monde. Un regard répond à un autre. Je sens les souffles sur les peaux. Je les respire, je les engloutis et puise des atomes de vie à travers l'univers. Je suis insouciante : la terre, le ciel, les astres peuvent se désagréger, se dissoudre, disparaître dans les méandres de l'histoire humaine. Je suis ailleurs, accrochée aux cimes corporelles, découvrant des spasmes cosmiques. Mes doigts s'enfoncent dans le sexe d'Éva comme dans du sable mouvant. Elle se tortille, se délie et se rétracte. Et je suis si exaltée par la beauté de son corps qu'il m'emporte les sens avec la puissance d'un fleuve en crue.

– Pardonne-moi, dit soudain Diego en s'approchant du couple que nous formons, mais certaines visions rendent dingue.

D'un geste il fait gigoter son poisson glissant dans l'air :

– Si tu plonges là-dedans, dit-il en doigtant le pubis d'Éva, tu ne mourras plus ! Cette femme c'est l'élixir contre la mort !

Il s'agenouille entre les jambes d'Éva, ramène ses pieds à hauteur de ses fesses :

– Oh, oui ! Cette femme tue la mort ! À moins qu'elle ne soit sa nièce... une sacrée nièce ! Elle prend possession de vous sans déployer le moindre effort !

Il entreprend de la sucer avec moult bruits, se lèche le pourtour des lèvres :

– Ton sexe exhale de magnifiques senteurs d'orchidées.

Hayatou s'approche de son épouse. Il veut participer à son plaisir. Il veut célébrer le bon sens qui souhaite qu'il appartient au mari de prendre en main le désir de sa femme. Mais que vois-je ? Éva ne l'intéresse pas, il est fasciné par la vipère de Diego. Ses yeux sont ivres, exagérément malmenés par la confusion des sens. Il croque une cuisse de poulet puis :

– J'ai le vertige..., bafouille-t-il en mangeant. Voilà vingt ans que je suis sevré... Le contact d'une peau d'homme, fort, sain et robuste, me manque... Je me sens gavé de sensations ; des abîmes se creusent en moi et des cimes éblouissantes jaillissent. Oh, pardonne-moi, maman ! Il prend la pose de la chèvre, bêle : Je suis prêt, mon lieutenant.

Diego répond à son invitation et la cuvette de Hayatou l'engloutit comme une brindille. Il rôde dans ses anfractuosités en hurlant des grossièretés tant le ravissement brûle ses entrailles tel le fer rougi à la flamme. Ses bourses pendent comme deux noix séchées.

106

– Oui, mon sergent ! gémit Hayatou. À vos ordres, mon sergent !

Plus rien ne tient le coup. On franchit l'espace et le temps. Même la vieille édentée, qui n'a pas voulu parler, exulte. Sa langue fouaille âprement le cul de Diego tandis qu'un gaillard musculeux, prénommé Jean-Baptiste, honore frénétiquement sa ravine desséchée.

Puis, soudain, un cri de joie transperce l'air et les oiseaux étonnés arrêtent leur vol. Là-haut dans le ciel une étoile, curieuse de vivre l'événement, de le raconter ensuite aux morts, apparaît alors que le crépuscule n'a pas sonné. Dans la pièce, les corps se figent dans leurs positions pornographiques.

– Ce n'est pas possible, dit Hayatou. Ma virilité est revenue !

D'un geste il se libère de la saucisse de Diego coincée entre ses fesses. Il fait le tour de la salle pour nous faire partager sa joie. Sa verge est dressée, courte et trapue comme son pouce.

– Je bande, hurle-t-il. Je bande pour de vrai !

Nos yeux contiennent de l'étonnement. On veut toucher. On veut palper. On veut câliner ce radis noir pour lui faire oublier les mille misères passées. De quelle texture est-il après tant d'années d'abstinence ? J'entends des gloussements.

Hayatou souhaite qu'Éva soit la première à caresser sa chair ressuscitée. Il lui présente son anguille boursouflée : « C'est pour toi, ma chérie », dit l'obèse en pleurnichant presque. Sa métamorphose est totale. Ses yeux brillent comme des lucioles. Ses joues luisent de joie. Et lorsque les doigts fins d'Éva, signe d'une intelligence dominatrice, jouent du violoncelle sur son sexe, il s'exclame avec délectation.

– Tout vient à point à qui sait attendre. Mais sois patiente, ajoute-t-il en se libérant, j'ai besoin de me constituer un fonds d'images dans lequel je vais puiser avant de t'honorer...

L'action reprend dans une totale dépravation. Jean-Baptiste exulte de bonheur, entre la bouche édentée de la vieillarde qui lui tète les testicules :

– C'est doux, c'est bon, c'est mieux qu'un nourrisson ! gémit-il en me regardant intensément, comme si ces lèvres autour de son pénis m'appartenaient.

Cette attitude me perturbe, si bien que je détourne les yeux.

Et sans que je m'y attende, Diego accorde audience à mon corps. Il le manipule avec dextérité. Il le lustre orgueilleusement. Ses mains cadeautent mes seins de joliesses. Elles dessinent sur mes cuisses la configuration du monde. Ma fabrique à sucreries déborde. J'ai la tête en feu. Je palpite. Je frissonne. Aucun plaisir n'est à la hauteur de ce que je ressens. Les dieux sont dépassés malgré leur gloriole.

– Approche, grand-mère, dit Diego à la vieille qui ne veut pas parler. Je vais réveiller ton âme.

La vieille obtempère, abandonnant le plaisir de Jean-Baptiste au vent. Diego plaque ses doigts telle une grosse araignée sur le cul flétri de l'édentée. Sa langue crève des nuages sur ses fesses. D'un mouvement il fait disparaître son plantain dans ses labyrinthes. Ses bourses battent le rythme à l'entrée de cette pomme fripée. Il n'a pas le temps de libérer sa semence que Jean-Baptiste le déloge et entre à son tour dans le vieux mystère de l'édentée.

– Tu m'aimes ? demande le jeune homme à l'édentée. Tu dois me dire que tu m'aimes.

Elle lui dit qu'elle l'aime pour qu'il continue, pour qu'il la réveille, elle dont les attributs n'intéressaient plus personne. Elle lui jure qu'elle l'aimera toujours, pour toute la vie, jusqu'à la mort. Et lui aussi l'appelle mon amour, et ils s'enivrent de leurs mensonges. Il la fouille avec acharnement, le visage défait :

– Je t'aime... toi une vieille femme... plus âgée que ma propre mère... Dis-le-moi que je suis ton homme pour toujours.

Le corps flasque de la vieille tremble, à tel point que j'ai l'impression que sa peau se détache de ses os. Elle entre dans un long paroxysme et tout son visage trahit son anéantissement, son épuisement, sa fatigue, sa mort.

Jean-Baptiste passe délicatement ses mains courtes mais musclées sur ses formes hachurées par le temps. Ses yeux sont clos, son souffle court. Il se détache d'elle avec une hâte absurde parce qu'il ne veut pas croiser le regard devenu arc-en-ciel de la vieille. Au même moment, dans une allégresse folle, un éboulis emporte plusieurs hommes, tandis qu'une cascade vertigineuse fait s'évanouir les femmes.

Pendant ce temps, Hayatou est agenouillé entre les jambes d'Éva. Les mouvements de ses mâchoires plongées dans son sexe font penser à ces monstres infâmes, écornifleurs, violeurs et assassins, qui rôdent par certaines nuits dans les rues malfamées de la ville :

– Petit pigeon, mon petit pigeon... qui vas être bientôt pleine.

Une idée subite traverse l'embrasement de sa tête. D'un mouvement violent il la retourne.

– Fais le pigeon, ordonne-t-il.

Elle soulève la tête. Ses bras battent l'air comme les ailes d'un oiseau ; ses jambes gigotent et ses cuisses sont tellement écartelées que sa forêt et même ses lèvres roses apparaissent entre son pelage.

Au moment de la pénétrer, sa virilité se flétrit et se recroqueville, tel un escargot. Un grillon chante quelque part dans les buissons. Bien avant qu'Éva n'évalue la catastrophe, j'écarte les fesses de Hayatou. Il sue de partout et dégage une odeur rance. J'enfonce une baguette dans son anus. Il pérore, l'obèse. Il chante de bonheur, le gros. On dirait un coq, unique mâle d'une basse-cour, Hayatou.

– Tu auras mes empreintes, la preuve de mon existence d'homme, dit-il.

Son plantain trouve à l'aveuglette la fleur plissée d'Éva. Il fonce vers le calice. Son corps difforme s'agite péniblement. Il murmure :

– Tu n'as rien perdu au change, hein ? Tu me sens ? Tu sens ma puissance en toi ?

Elle demeure la bouche ouverte. Ses appas juteux tressautent sous nos yeux. Il caresse fébrilement son bouton de rose, triture les cloisons de son tabernacle. Il a envie de souffler des rayons de lune dans le cerveau de sa jeune femme. Il éjacule en criant aux étoiles :

– Il faut que tu t'emplisses ! t'emplisses ! t'emplisses !

Il s'abandonne en elle, tel un dément heureux de ne plus s'appartenir, d'exister seulement à travers une idée : celle de donner au monde le témoignage de sa virilité.

Puis tout redevient clair : les corps comme les esprits. La pièce dégage des remugles de sexe et des soupirs mêlés. On remet nos atours et toutes nos moiteurs poisseuses sombrent dans un passé brumeux, images brisées, noyées dans le crépuscule.

On reste ensemble. Les minutes passent. On se croirait à un de ces dîners où des gens se retrouvent, rient et bavardent ensemble, sans trop savoir pourquoi ils acceptent de se fréquenter. Je suis consciente de notre métamorphose : nos yeux sont vides, nos gestes maladroits. J'ai la désagréable impression que chacun a perdu un peu de son identité dans ce relâchement des sens.

– Je ne suis pas comme ça, dit brusquement la vieille qui ne veut pas parler, en nous adressant un sourire crispé. Je suis une grand-mère. J'ai eu douze enfants avec le même homme. J'ai toujours été fidèle à mon mari jusqu'à sa mort. Ah, si seulement la malchance ne poursuivait pas ma cadette ! Elle a vingt-cinq ans. Elle n'est toujours pas fiancée.

– Elle est laide ? demande Diego.

– Ma fille est très belle.

– Ceci explique cela, reprend Diego. Les femmes très belles vous coupent l'élan, l'assurance, la personnalité, tout ce que votre vie durant vous avez emmagasiné pour exister. On dirait des créatures sidérales venues de l'espace. Des extra-terrestres. J'ai jamais pu en approcher une. D'ailleurs, je me demande où certains hommes vont cueillir leur courage pour les courtiser. C'est la raison pour laquelle elle ne trouve pas de mari.

112

– Les belles ? fait Hayatou en riant à gorge déployée. J'ai un remède pour elles : il suffit de les imaginer en train de chier. Je ne conseille pas aux hommes de les épouser. Elles sont sources de problèmes.

– Taisez-vous ! hurle l'édentée. Vous allez me rendre folle ! Que les hommes se livrent à leurs plus bas instincts est une chose normale. Mais nous autres, femmes, n'avons pas à faire certaines choses. C'est honteux !

Elle veut effacer l'ardoise. Elle n'est jamais entrée ici. Rien ne s'est passé. Rien n'a existé. Elle se veut parfaite, pétrie de morale jusque dans ses plus infimes actions. Ce qui explique ses tergiversations à nous livrer une belle histoire d'alcôve et de sang qu'elle aurait vécue. Elle pleure parce que le Diable et ses cornes ont coupé le rythme de cette perfection. Elle pleure parce qu'elle ne dispose d'aucun instrument qui lui permette d'ôter cet hématome indélébile fait à sa personnalité.

Elle prend conscience de son humaine imperfection et je la trouve pathétique. Je la méprise et lui souris avec malveillance. Je ne suis pas cynique, mais j'ai horreur de cette inversion subtile du plaisir, de cet assouvissement des désirs qui donne lieu à un accablant sentiment de culpabilité.

– Peut-on affirmer, grand-mère, dis-je, qu'un lion enfermé dans une cage n'est plus un prédateur ? Est-ce qu'en mettant une muselière à un chien on signifie qu'il ne sait plus mordre ?

– Où veux-tu en venir ?

– Pas très loin, rétorqué-je. T'es une femme-flamme ! Une femme-passion ! Une femme-lumière ! Une femme-feu ! De celles dont le sexe vorace soutire l'âme des hommes ! De celles qui, folles de leur plaisir, rendent la folie contagieuse !

– Je ne suis pas comme ça, proteste-t-elle en sanglotant de plus belle.

– Que si, grand-mère ! Mais ton éducation, le rôle que tu t'es assigné ont étouffé ta véritable personnalité. Je parie que tu encourageais ton mari à prendre des maîtresses. Est-ce parce que tu ne voulais pas qu'il te prenne dans des positions avilissantes ? Ou avais-tu peur qu'il se rende compte que tu es de ces femmes qui peuvent enivrer les sens des hommes jusqu'au délire ?

– Je ne suis là que pour ma fille. Je suis venue pour la guérir de cette malchance...

– Sans aucun doute... mais je suis un médicament qui donne du plaisir.

– Je ne voulais pas.

– En dehors de tes braillements de jouissance, je ne t'ai pas entendue crier au viol... Tu n'étais pas enchaînée, que je sache ? Tu as apprécié que nos amis trempent leur pinceau dans ton encrier.

– Je suis une saleté ! Une pourriture ! Une

114

traînée et une prostituée... Vas-y, dis-le pendant que tu y es...

Elle se lève comme un automate. Elle fait le tour de l'assistance, s'arrêtant devant chacun et le fixe comme pour retrouver dans les yeux la représentation de la grand-mère modèle qu'elle croyait être. Les sourires sarcastiques aux coins des lèvres ainsi que le miroir des regards lui révèlent un sentiment hybride, fait de pitié et de réticence.

Elle pivote sur ses pieds. Elle n'en peut plus. Elle est au bout de la branche, telle la feuille jaunie qui claque et que le vent risque d'emporter. La morve sort de son nez, les larmes de ses yeux, la salive de sa bouche. De violents tremblements la fêlent. Elle titube vers la porte avant de pisser sur elle, devant l'assemblée des pervers.

– Peut-être bien que mon ordre de valeurs n'a plus aucun sens, gémit la vieille. Il se pourrait que les vraies valeurs soient aujourd'hui de votre côté.

– Pas exactement, grand-mère, dis-je. Il se pourrait tout simplement qu'il faille que tu apprennes à t'aimer un peu mieux, à accepter de te faire du bien. Tout simplement, grand-mère. Tout simplement...

Elle s'éloigne, vacillante. Elle est paniquée par cette expérience qu'elle a cherché à vivre, sans le vouloir vraiment. Elle est consciente qu'en se laissant aller à l'ivresse des sens, elle a marché hors des chemins balisés par ses aïeux. Elle sait aussi que seule la mort la débarrassera de sa culpabilité.

– Pauvre femme ! s'exclame Hayatou. Qui sait jusqu'où l'emportera cette prise de conscience ? Que Dieu la garde.

– Moi, elle me fait pitié, dit Diego. Vous vous rendez compte, une femme qui a pu donner naissance à douze gosses sans jamais connaître l'orgasme !

– Moi, dit Jean-Baptiste, en me regardant de manière étrange, je suis heureux de lui avoir fait explorer des sensations inconnues. Elle a vraiment adoré ça ! Moi aussi, soit dit en passant. Je l'aimais vraiment au moment où je la forniquais. Vous me comprenez ? C'était comme si je faisais l'amour avec ma grand-mère.

Tout le monde éclate de rire comme devant une scène grotesque ou de joyeux cauchemars. Un rire avec, sous-tendus, des codes prometteurs d'horreurs délicieuses, d'infamies fantastiques, d'atroces gourmandises et que nous vivrons les jours prochains, dans les replis les plus musqués de notre être.

Il y a un grand silence. Quelque chose quelque part remue hors de l'espace et du temps. Un électron ? Un méson ? Un kaon ? Sans doute les trois. Ils se mêlent aux gémissements de la forêt, aux murmures de la rivière, aux plaintes des animaux, aux pleurs des femmes. Puis, comme un seul homme, mes dépravés prennent congé parce que ce quelque chose leur rappelle qu'il y a encore d'autres jours qui les attendent, avec leur lot de soleil à supporter, de patrons à qui obéir, de bus à attraper, de poussières à nettoyer, de caprices d'enfants à satisfaire... Un quelque chose qui leur dit qu'il est temps pour eux de se réhabituer aux tracasseries terrestres.

Jean-Baptiste me serre la main. Il la serre plus que nécessaire. Ses paumes sont moites, des paumes amoureuses qui me parlent. Elles me disent mille tendresses ensoleillées que je ne veux pas percevoir. Je ne suis pas prête à vivre ce qu'elles veulent.

Au loin, une voix de femme qui chante. Des fenêtres qui s'éclairent. Des jeunes qui passent et qui rient. C'est le début de la nuit. Je n'irai pas comme les jeunes filles de mon âge, très maquillées, teintes, excitées, attendre sous l'ombre des arbres l'amant que vomit, par violentes contractions, ma mère. Je n'ai jamais vécu ce type de frissons, cette crainte d'être surprise par mes parents et chastement bastonnée. Pourtant, à travers la chaleur qui ramollit mes muscles, je perçois les vibrations d'un ravissement provenant d'une époque, perdue dans le décompte du temps, et qui ébranle mon être avec une puissance dont le spasme sexuel rend compte, mais à très faible échelle. Je suis épuisée... Mon corps est comme une barque abandonnée sur le flanc... J'ai besoin de repos...

Je m'allonge et l'obscurité qui s'insinue en moi devient affectueuse. J'ai éprouvé tant d'orgasmes le même jour que ma chair est tout engluée. Je dois avoir les yeux cernés, peut-être pochés, les lèvres gonflées telle une palourde. Ce soir, je suis trop fatiguée pour avoir la force de me regarder dans une glace. J'attendrai demain quand les arbres témoins de ma luxure la feront luire dans le soleil. Ils l'identifieront et la comptabiliseront... Demain.

Un homme m'attend là, sur la colline. Il est beau, pas trop. Il est bien bâti, pas très bien. Ses cheveux bouclés sont d'un roux crépusculaire. Il a de grandes dents bien plantées sur des gencives rouges. Ses yeux sont gris, des yeux de chat trop habiles à deviner vos défaillances et à vous rendre conscient de vos transgressions. Il me fait signe d'approcher, je refuse parce qu'il a aussi ceci de dangereux : l'art de vous amener à vous répandre en paroles, à vous étaler en conversations pour mieux cerner le fonctionnement de votre cerveau.

Je perçois le danger, alors je cours. Il se lance à ma poursuite et commence à parler. J'ai des difficultés à suivre ce qu'il raconte. Je saisis des mots par-ci, par-là. Il dit tendresse, attachement, affection, passion, penchant, mais le reste m'est incompréhensible, une langue étrangère à laquelle je n'ai pas accès. Je trébuche, m'effondre, essoufflée.

– Tu es venue, Irène, dit-il, penché, me caressant les cheveux. Je me languissais de toi, Irène ! Je t'espérais. Oui, c'est une folie ! Je ne sais quoi dire maintenant que je t'ai trouvée.

– Irène ? Je ne suis pas Irène. Vous faites erreur sur la personne... Je ne suis là que parce que je me suis perdue.

– Non... Tu t'es retrouvée. Viens... Viens avec moi.

– Jamais. Foutez le camp, espèce de malade ! Laissez-moi tranquille !

– Sais-tu pourquoi je t'ai choisie ? Tu te poses sans doute la question. Parce que tu es une estropiée des sens ! Une lapidée du sexe ! Une hystérique ! Une peste ambulante ! Parce que tu es haïe. Pas seulement par les étrangers, mais également par ta propre famille. Parce que tu cristallises tous les ressentiments.

– Vous me haïssez vous aussi, c'est ça ? demandé-je.

– Je ne peux te faire cet honneur. Je veux que tu expérimentes l'amour, point final.

– Parce que vous appelez amour cette chose

qui lie les hommes et les femmes, qui les amène à se soumettre à un jeu cruel, tantôt maîtresse, tantôt esclave ? C'est ça l'amour ?

Ses yeux se sont agrandis comme ceux de quelqu'un sur le point de tomber dans l'overdose. Il suffoque devant l'opulence de mes mots. Il attrape son cou, toussote, des larmes veulent déborder de ses paupières.

– L'amour, c'est...

Sa phrase étouffe dans sa gorge. Je le regarde et éclate de rire. Il rit aussi. Nous rions. Je saisis sa main : bravo de m'avoir cherchée et retrouvée. Qu'allons-nous faire maintenant ?

– L'amour, dis-je. C'est la lame avec laquelle l'autre fouille vos plaies. Êtes-vous d'accord avec ma définition ?

Et sans lui laisser le temps d'attrouper d'autres mots sous sa langue, je le déshabille. C'est bien moi qu'il attend. Sa peau a la senteur du jasmin et m'enivre les sens. Le désir, le désir, je déborde de désir. Je ne peux pas en dire plus. Cet homme me tient, m'encercle, il me capture, je le sens partout. Pour lui, j'accepterais n'importe quoi, je vivrais n'importe quoi, je suis toute à lui, ouverte... Je m'active, mais son sexe est comme un tire-bouchon entre ses jambes, ramolli. Malgré ma dextérité, je n'arrive pas à le mettre en haut-de-forme. Mon expérience et moi, vouées à l'échec face à ce spécimen. J'éclate en sanglots.

Je pleure. Je me liquéfie en larmes. Ce qui se passe entre nous est sans espoir. Mais je constate avec ferveur, avec joie et douleur, que je dois vivre cela, que revenir au temps d'avant me ferait atrocement souffrir.

Il me repousse soudain, s'élève dans le ciel et s'évapore.

Alors, à travers mes larmes, j'entends sa voix résonner en écho :

– La vertu consiste à affronter l'énigmatique et le singulier pour veiller à ce que jamais les sens ne s'atrophient.

– Reviens, mon amour, crié-je... J'ai besoin de toi !

Il ne m'écoute pas. Je sens que je vais me dissoudre à mon tour dans l'univers.

Ce n'est qu'un rêve, un rêve fantastique, mais un rêve néanmoins.

Je viens de me réveiller... je n'ai pas besoin d'un homme.

Je n'ai besoin que d'une chose et cette chose s'appelle Irène Fofo.

Depuis combien de temps vis-je ici ? Qu'importe le temps qui passe, la pluie, le soleil, les tempêtes, les saisons des mangues ou des arachides, des amours ou des divorces ? Je ne souffre pas de l'exactitude, des réglages, des pointages. Je n'ai qu'une urgence : satisfaire l'égarement viril et la fulgurance des hommes qui ne m'appartiennent pas, qui tombent à mes pieds en poudre, en giclées, en foudre, en éparpillements. Les vamps ou les couillonnes, les diablesses sulfureuses ou les ménagères aux mains calleuses s'empressent dans mes alentours. Elles font tomber follement leurs atours, s'offrent pour goûter à la viande, au poisson, au chat, à la souris, parce que, disent-elles, leurs souffrances ont besoin d'actes libérateurs, de cannibalisme, d'appropriations magiques dont je suis la seule, folle d'entre les folles, à connaître les rites. Je suis si profondément ancrée dans mon rôle de guérisseuse que je ne suis plus capable de me voir, de prendre du recul, de faire le point à l'endroit où je me trouve, de mesurer avec précision l'espace-temps dans lequel j'évolue.

Je crains que cette situation ne s'arrête un jour. J'ai peur des retrouvailles avec la banalité de mon quotidien d'avant fait de vols et de rackets. La vénération que les uns et les autres me vouent m'exalte. Ils me cadeautent des robes en taffetas, des pagnes de Hollande, des boubous brodés d'or, des bijoux de perles ou de cauris, d'argent ou de bronze, à condition que j'accepte l'offrande de leur chair. Mais aussi parce que je leur donne une merveilleuse échappatoire, celle d'entrer en Enfer, par les portes du Paradis. Ma mémoire ne voit plus que le passé proche – grouillement des corps, des visages, des fesses, des mains, des sexes, des jambes – dans ce monde où chacun libère des désirs jamais avoués, un univers de liberté anarchique. Seigneur, qu'est-ce que les humains se ressemblent !

Aujourd'hui, je suis d'une grosse paresse. Je suis allongée, mes jambes sagement écartées ouvrent une entrée remarquable vers mes profondeurs. Je croque des biscuits au sucre tandis que des hommes se servent de moi comme d'un refuge. Parce que le sexe n'est pas une idée à débattre, une loi à parlementer, un épouvantail à agiter, une insanité à contester ou à simuler sur les écrans. Je les laisse faire avec une générosité froide. Je saute d'un fantasme à l'autre, comme une touriste qui essaye de voir tous les monuments de Paris en deux heures. D'abord ceci, puis cela. Et lorsque mon partenaire commence à hurler son plaisir au vent, je jouis aussi car ce qui m'excite, c'est la pensée de ma toute-puissance face à leurs égarements.

Fatou est entrée dans la chambre alors qu'un homme à lunettes s'agite entre mes cuisses. D'autres, alignés le long du mur, attendent leur tour pour forniquer. Elle porte un peignoir bleu. Ses yeux sont maquillés au khôl, au fard et au rouge. Son maquillage a coulé et elle ressemble à une poupée que des enfants ont maquillée pour une scène. Son corps tremble. Son cœur s'affole de douleur. Elle le comprime parce qu'il est devenu un organe étranger que son être veut expulser. Puis, sans un mot, elle se penche au-dessus de ma tête. Je me soumets à son regard, un regard comme ceux qu'on perçoit dans un songe...

– Heureuse que tu sois venue me rejoindre, dis-je. C'est la première fois que...

Elle ne répond pas, ne me quitte pas des yeux, comme si elle cherchait quelque chose qu'elle ne trouve pas.

– Viens donc t'amuser avec nous, lui pro-
posé-je.

Elle reste la bouche ouverte, ses belles dents
bien plantées dans leurs gencives pulpeuses. On
dirait une navette spatiale prête à décoller dans
la nuit bleue. Puis elle émet quelques sons :

– Ousmane ne veut plus de moi. Il me dit de
trouver un autre homme. Je l'aime. Qu'est-ce que
je vais devenir ?

– C'est bouleversant, dis-je, sans cesser de
prendre mon pied.

– Au lieu de te moquer, n'aurais-tu pas quelque
chose de profond à me dire ?

– Pourquoi veux-tu absolument entendre quelque chose de profond ? Plus fort, plus vite, bon-
homme. Oh, oui ! C'est du théâtre, voyons !

– Tu trouves que c'est du théâtre lorsqu'il
m'encourage à me suicider avant quarante ans ?
Il dit qu'il ne me désire plus !

– Alors ? Hum ! C'est bon ! Excellent.
Encore...

– Tu ne penses jamais aux autres, hein ? Tu es
égoïste. Je suis venue te demander ton aide car
tout ce que je touche en ce moment me pique.
Face à cette horrible souffrance, tout ce que tu
trouves à me dire c'est : alors ? et sans cesser de
te faire fourrager. C'est tellement facile la vie
lorsqu'on peut attraper une ortie à pleines mains
sans se blesser. C'est ton cas, n'est-ce pas ? Oh,

oui, Irène ! tu es insensible. Définitivement insensible.

Ces mots sifflent dans mon crâne avec la violence d'une tempête. Je me lève, malgré les protestations de l'homme dont le bangala dressé en pic s'agite dans le vide. Je tournoie autour de mon hôtesse et mon collier de perles s'énerve avec moi ainsi que les bagues à mes doigts et les deux bracelets à chacun de mes poignets :

– J'aide les autres ! dis-je. Je les soulage de leur argent ! De leur sperme ! De leurs ovaires éclatés ! De toute leur vie foutue ! Mais regarde-moi ! Depuis ce matin j'ai fait retrouver les chemins du bonheur à dix éclopés de cette ville ! Alors que toi... qui regardes par les trous des serrures pour ne pas participer à la vraie vie... Ousmane par-ci, Ousmane par-là... C'est clair que le pauvre Ousmane doit en avoir assez d'une femme qui ne prend aucune initiative et lui laisse tout assumer tout seul !

– Je prépare ses repas, repasse ses vêtements, nettoie !

– Sa mère le faisait déjà avant toi !

– C'est aussi le rôle d'une épouse.

– L'as-tu déjà trompé ? Ma pauvre amie, la vraie beauté n'existe qu'en s'appuyant sur la laideur. Tout comme l'amour n'existe qu'en fonction de son inverse, la haine. La fidélité n'a de sens que si l'on expérimente l'infidélité... On a besoin de rires et de chagrins. Lui, il t'a fait aimer et haïr. Mais toi ? Que lui as-tu fait vivre en dehors de le rendre repentant à chaque fois ?

– J'ai toujours été au-devant de ses désirs, bien avant qu'il ne les exprime.

– Oh oui ! Comme une prostituée expérimentée face à un client difficile... Aucune situation n'est assez absurde pour que tu t'y opposes... aucune demande ne te semble si déraisonnable qu'elle ne puisse être satisfaite... Aucune proposition ne te scandalise... Aucun commentaire n'est trop saugrenu pour que tu ne le prennes au sérieux. Belle éducation sentimentale. Tu es vraiment ennuyeuse.

Mes derniers mots claquent avec une assurance experte et douloureuse. L'assistance se tait parce qu'elle a besoin de laisser ces phrases l'imprégner, s'entasser en masse au fond d'elle. Les gens se disent sans doute qu'un jour ils auront besoin de les ressortir. Fatou est-elle ce tableau calamiteux que je décris ? Elle semble en douter. Elle s'interroge, en tout cas. Elle titube vers la sortie, désespérée. J'aime le désespoir... Il ne fait pas faire des choses médiocres. D'ailleurs, je l'entends se cogner la tête contre le mur avec violence.

– Le plaisir vient des parties les plus honteuses du corps, crie-t-elle. C'est pas parce qu'un homme saute sur tout ce qui bouge, que son épouse doit faire de même... et moi... je n'aime pas me perdre.

– C'est ça, oui, ma petite ! Creuse, creuse ta tombe...

L'assistance applaudit parce que, de nos jours, tout est bon pour créer un sentiment d'intimité. Les voilà à parler de leurs expériences... Seule la vieille édentée qui n'a pas voulu parler ne dit rien... Voilà plusieurs semaines qu'elle revient malgré sa honte. Elle ferme les yeux et, dans un étourdissement étrange, se laisse baiser comme par distraction. Quelquefois, il lui arrive de répéter inlassablement la même phrase : « J'ai oublié jusqu'au plaisir du corps. »

Je suis convaincue que cette expérience l'a ramenée du coma vers la conscience. Je la soupçonne de rêver à nouveau d'avoir ses règles, comme une jeune fille. Puis, il y a aussi Éva et le gros Hayatou. Elle est enceinte, on ignore de qui. Sur cette terre, connaître l'identité d'un père n'a aucune importance. Le couple est si heureux qu'il a engagé le jeune Félix. Il a le visage large, des gestes brutaux. Il est si petit et mince qu'on peut l'enfermer dans ses mains comme un oiseau.

Je suis si agacée par l'irruption de Fatou que je décide d'organiser une nouvelle séance d'histoires afin de mettre mon esprit en lumière.

– Mais ce ne sont que des histoires, proteste la vieille édentée. Cela ne mène nulle part !

– L'intéressant, grand-mère, dis-je, c'est que, lorsque vous vous retrouvez embarquée dans une histoire, vous exposez vos tripes pour l'inspection générale. On a besoin de se connaître, vu l'intimité à laquelle on se livre.

– Vaut mieux, dans ce cas, s'en tenir aux trucs des chaussettes disparues pendant la lessive, dit-elle.

– Pas question d'écouter ce genre d'âneries, dis-je. Je veux des histoires violentes qui embrasent et étouffent. Que celui qui n'est pas d'accord quitte cette pièce.

Personne ne cille. Alors les voix s'élèvent. Les gens racontent. Des histoires vraies ou inventées, mais même inventées elles sont vraies de par leur combinaison et leur objectivation intérieure. Une histoire en appelle une autre, une narration, une nouvelle. Mes malades pervers parlent jusqu'à ce que les mots se rompent comme du pain, le pain quotidien du verbe avec lequel nous vivons et sans lequel nous mourrions...

À la fin, ils sont si excités par ce que leurs oreilles entendent que les boutons de leurs chemises sautent, que leurs pantalons se débraguettent. Éva, en reine pleine, fait passer sa robe par-dessus sa tête, la lance dans un coin.

– J'ai chaud, dit-elle avec un sourire à l'assistance.

Les femmes enceintes ont toujours trop chaud.

Ses seins se sont épanouis. Son ventre s'est arrondi et je pense, l'espace d'un cillement, que je suis là depuis trois mois... Peut-être quatre... Tous les regards l'explorent, de haut en bas, d'avant en arrière, comme si elle était un de ces points numérotés que l'on peut relier à l'aide d'un crayon pour configurer un dessin.

– Vous êtes tous témoins de mon travail, se vante Hayatou en mordant violemment dans un sandwich fourré de sardines à l'huile. Ah, mon petit Jésus est costaud.

Puis il éclate de rire, la bouche pleine, et des miettes de pain volettent sur le visage de Félix. Son rire claquette dans l'air comme un collier de perles dont le fil vient de se rompre. C'est le cri de joie d'un tout petit garçon sortant étrangement d'un corps adulte, obèse de surcroît.

– La vérité, dit Hayatou en hoquetant, c'est que Dieu survole nos vies en silence... Si on m'avait dit que j'aurais un enfant un jour... Vous pouvez vérifier... regardez... Je ne mens pas...

Il encourage l'assistance à palper Éva, à toucher son ventre. Sa figure guette les compliments qu'il mérite, les louanges dues à sa persévérance et sa foi dans sa virilité. Les gens caressent le doux renflement sans intention érotique, comme s'ils voulaient tenir compagnie au fœtus :

– Elle est vraiment pleine, Hayatou... Elle est merveilleuse !

Puis, sans savoir comment, les visages prennent une expression plus adaptée à la tombée de la nuit qu'à la clarté du jour. Ces mêmes mains si indifférentes quelques instants plus tôt glissent vers le pubis de la femme en gestation en un geste machinal. Les paupières d'Éva oublient de tomber ; ses sourcils oublient de se relever. Elle est moitié là, mais déjà sans abri. Ils lui font des choses, elle accepte. Elle se laisse étendre, laisse des langues jouer autour de ses lèvres, des langues entre ses jambes, des mains sur ses seins. Elle soupire et ses soupirs éblouissent les mortels. Elle est tellement belle qu'elle fait le désespoir des métaphores. Et Hayatou les regarde faire en mangeant. Le soleil souligne ses cernes mous et violacés. La sueur s'écoule en flopées de ses aisselles.

– Je vous interdis de toucher à ma femme ! crie soudain Hayatou. Interdis !

– Hayatou, murmure Éva. Qu'est-ce qui te prend ?

– Tais-toi, femme ! Tu es merveilleuse. Tu clignotes, tu clignotes à tout-va comme une luciole. Mais que connais-tu de toi, petite chérie ? Que connaît le vent du voile ? Il le gonfle, un point c'est tout !

132

Puis il se tourne vers les hommes, les mains croisées, l'air d'un moine tibétain :

– Je suis désolé, désolé, sincèrement désolé. Mais ma femme est enceinte, vous comprenez ? Je ne peux pas laisser les gens toucher le petit. C'est comme...

De petits nuages blancs et transparents passent et chacun comprend. Nous avons tous suffisamment vécu dans ce monde, et ce monde a suffisamment vécu en nous, pour savoir qu'il faut donner au bébé un bon départ dans la vie. Il est nécessaire de lui faire un chemin de lumière solaire, lui déverrouiller les portes sacrées de la richesse. On doit lui donner les choses fondamentales, comme la superficialité dans laquelle nous vivons. En deux mots comme en mille, Hayatou exige que chacun paye pour coucher avec sa femme.

Les gens ordinaires sont perplexes. Ils ignorent ces rites. Les hommes observent le futur papa avec réserve. Les femmes contiennent les traces de leur étonnement ou de leur inquiétude. Quelqu'un se lève, dérouté. Il se rhabille. Il dit :

– Je n'aime pas les fous.

Je décide d'intervenir, d'ajouter encore plus de folie à la folie. L'idée d'un homme qui touche des royalties pour laisser chevaucher sa femme enceinte est horriblement sensuelle.

– J'ai la chair de poule, dis-je. Les poils de mes bras se redressent. Quelque chose d'important. Dieu n'est pas loin. C'est bien Dieu qui nous regarde. Je l'entends applaudir au sacrifice auquel nous allons tous consentir ici afin que le bébé d'Éva ait une vie magnifique ! Vous n'entendez pas applaudir le bon Dieu ? Il applaudit à se briser les mains.

Ils restent un moment silencieux. Puis leurs yeux tournicotent, comme s'ils étaient surpris par la munificence du Seigneur. Ensuite ils se signent avec ferveur. Les postulats sont interchangeables, me dis-je. La guérison peut faire mal et la douleur peut guérir. Tout dans notre vie est sexuel, sauf le sexe lui-même qui n'est qu'une métaphore de ce qui ne l'est point. Sans m'en rendre compte, j'ai pensé à voix haute. L'assistance approuve, époustouflée.

– Ah ! s'exclame la vieille, admirative. Tu as la clef du monde, fillette. Je serais jalouse de toi si je n'avais pas mon destin derrière moi.

– Il y en a qui ont l'art d'ouvrir des portes auxquelles on n'a pas pensé, renchérit Diego. Les paroles qui sortent de ta bouche sont extraordinaires, Irène.

– Ça fait des années que je baise, dit Éva. Mais je n'avais jamais pensé que cet acte se réalisait pendant que je remplissais les papiers à la mairie ou quand je cuisinais. C'est fabuleux.

– C'est cela le privilège de la folie, fait Hayatou. Elle donne de l'imagination et celle-ci fout tout en l'air. Connaissez-vous un banquier qui se serait suicidé avec un sac-poubelle sur la tête ? Jamais !

Puis, sans ajouter une parole superflue, il se met à faire la manche :

– Faites d'une pierre deux coups : devenez l'ange gardien de mon bébé tout en vivant un moment de spiritualité incarnée avec sa mère !

Les yeux de Hayatou luisent. Ses mains tremblent de convoitise. D'excitation, une multitude de muscles jouent sous la peau de son visage. Éva est un peu gênée. Elle manque de mots, la jolie Éva, devant tant d'avidité et de concupiscence. Car la vie affirme toujours ses vérités sur des fronts complexes. Elle n'a qu'une chose à faire : se donner à ses acquéreurs et trouver dans l'action quelque chose de bon pour elle.

Et il s'empresse, l'obèse. Il passe une main autour des épaules de sa femme avec la sollicitude d'un vicieux. De l'autre, il mange une grosse brochette. Elle pose sa tête sur sa poitrine, se cambre, offrant à ses acheteurs la douceur de ses fesses, l'odeur de ses cuisses et la chute de ses reins, comme dessinée d'un coup de pinceau, pour qu'ils la mordent, la pénètrent, l'embrasent.

Et ils s'agglutinent derrière ses fesses, posent leurs mains à tour de rôle sur son corps. Ils la touchent. On dirait que des dizaines de crabes se promènent sur son postérieur. Elle frissonne, elle peut entendre les palpitations de leurs pénis. Le minuscule Félix trouve une place de choix entre ses cuisses. Sa langue s'accroche sur son pubis comme une cigale sur une branche de palmier. Il l'étrille, la feuillette, la titille, la tire-bouchonne, gémit, halète, s'ébroue. Puis il la culbute, l'écartèle et l'inonde d'un plaisir sourd et brutal avant de se laisser tomber sur le sol. D'une main Hayatou ébouriffe les cheveux d'Éva. Il l'encourage, enfonce son index dans sa feuille de saule trempée, torture ses pamplemousses mûrs, la stimule avec des mots qui fracassent et éblouissent :

– À force d'être le réceptacle de tant d'énergies viriles, ta grotte va devenir un fortifiant pour la santé fragile de ton gros mari.

Puis, s'adressant aux clients de sa femme, il leur donne des conseils. Il leur montre le mouvement lent et tournant de l'hirondelle plongeant dans la vague. Il leur indique la technique des petites secousses brèves capables de faire hurler n'importe quelle comtesse. Et ces hommes regardent avec délices leur membre dilaté aller et venir dans le derrière pommelé d'Éva. Accroupis à trois pas, les cuisses largement ouvertes, la vieille édentée se caresse ardemment avec un cou de poulet en poussant de petits cris.

– Laisse-moi raviver ton mollusque avachi, lui souffle Diego.

Elle glousse, tandis qu'il plante son pieu dans son aubergine extasiée. Il la laboure avec le désespoir de ceux qui savent qu'ils épuisent leur force de travail sur une terre infertile. L'édentée est illuminée. Elle hurle son plaisir, récite les dix-huit formules de transmutation de l'or, de l'argent et de l'orpiment. Il lui faut des mots aussi avides que les dents qu'elle n'a pas pour exprimer sa perturbation intérieure.

– Donne... Donne-moi ta liqueur bénéfique... maintenant, exige-t-elle.

Diego se mord les lèvres, se dégage du terreau moite qu'il vient de creuser, enfonce à la place encore chaude laissée par son sexe le cou de poulet. La vieille vagit comme si un tisonnier brûlant lui défonçait les entrailles :

– Je ne vais pas gaspiller mon sperme, dit Diego. Il y a d'autres pivoines à éclater.

Il se précipite sur Éva, rend hommage à sa boutonnière moussue. Jean-Baptiste, qui s'est déjà vidé, Dieu sait combien de fois, attrape la vieille par les cheveux et l'oblige à essuyer son pilon gluant avec ses lèvres.

Je suis fascinée par cet amoncellement de chairs, ces corps soudés par le plaisir et ces longs cris trempés comme des ventres de mouettes. Ces scènes enfièvrent mes appétits de pouvoir, décuplent mes fringales érotiques, mais je ne participe pas, soucieuse de conserver dans ma mémoire cette scène comme un film au ralenti que je déroulerai sur l'écran de ma mémoire lorsque, dans mes nuits d'insomnie, je croirai entendre gémir une lignée d'hommes soumis à ma volonté.

Le calme est revenu. Félix mange des pistaches, recrache les coquilles sur le sol. Soudain, il se dirige vers Hayatou. Son regard est coupant comme l'arête d'un silex et une tension insoutenable peuple l'air. Il caresse d'une main une ceinture. Comme un signal, le gros Hayatou se déshabille, il s'agenouille. Ses fesses sont étalées de part et d'autre comme un énorme gâteau au chocolat. Félix le flagelle. Ses yeux brillent de haine. Hayatou gémit de plaisir tandis que la lanière perle sa peau de gouttelettes de sang qu'un instant plus tard son tortionnaire suce avec appétence.

– Tu me fais danser sur un fil au-dessus d'un précipice, petit cousin, gémit l'obèse.

Et il reste en suspens un moment. Puis Félix force l'entrée de ses lèvres. Hayatou lèche son anguille boursouflée jusqu'au gland. À ses yeux avides, je comprends que le gros est fou de son domestique. Il est de plus en plus dingue de ses attaches fines, de son corps d'enfant, de son sexe dressé comme une pousse de bambou. Et lorsque le petit cousin défonce sans égard son habitacle arrière, un lac de gratitude se forme dans l'énorme cœur de Hayatou.

– Merci, cousin, de soulever ainsi le sable de mes souvenirs.

Le domestique perfore le troufion comme un coq piquant dans un entonnoir. Il éjacule en aboyant aux étoiles, libère Hayatou puis titube. Il n'a plus le sens de l'orientation. Il s'écroule sur les genoux d'Éva, attrape ses seins qu'il tète en poussant des vagissements de nouveau-né.

Je suis si déphasée par cette scène que je m'allonge. Je m'émerveille du vert pâle des feuillages au loin soulignant d'un trait précis la ligne de démarcation entre la pourriture de la terre et la limpidité du ciel. J'aime tant ce ciel d'Afrique – l'Afrique, ce ventre bouillonnant du monde – que je me laisse peupler par sa mélancolie et, sans m'en rendre compte, je m'assoupis.

Je me réveille quand l'heure chaude est passée. Les certitudes ont déjà basculé. L'existence de Pythagore et la solidité de ses recherches se sont dissipées comme poussière dans l'air. Un homme campe à mon chevet. Une lumière bleutée, suivie d'un bruissement d'oiseaux sur un arbre, ravive ma mémoire : c'est Jean-Baptiste Dongala. Rien qu'à sa manière de me regarder, je sais qu'il y a des pensées turbulentes dans son esprit. Je sais qu'elles se veulent suffisamment alléchantes pour faire gicler mes sources cachées. J'entends au loin le rire des filles aux hanches outrageuses. Je me dis qu'elles sont seules capables de donner un sens à la folie du monde.

– Irène..., dit-il, chuchotant mon nom.

– Tu m'as appelée ? demandé-je parce qu'il est l'heure où la faim fait délirer.

Il ne me répond pas. Il chuchote de nouveau : « Irène. » Il chuchote d'une voix si basse que mon nom se confond avec les battements de cœur de cette ville amorphe. Puis il se penche, m'embrasse. Je ferme les yeux. Aujourd'hui, c'est dimanche. Il est dix-sept heures. Cet homme veut m'emmener très loin pour me faire oublier les miradors infernaux, si ce n'est moi-même.

– Je t'aime, dit-il. Je suis ici parce que je t'aime.

– Je ne peux pas, dis-je... Je ne sais pas aimer...

– Cet aveu signifie que tu m'aimes déjà...

Qu'importe que je le repousse... Quelque chose a déjà pris toute la place. Quelque chose que lui seul peut me donner. Quelque chose qui transforme mes caprices en nécessités, mes regrets en désespoirs et mes joies en enchantements. Quelque chose qui fait parler mon corps haut et fort. Il passe ses mains sur mes cheveux, mon visage et mon cou. Je sais tout de la violence du désir, mais cette tendresse est trop inconnue, trop nouvelle, trop surprenante. Je suis déchirée par des sentiments contradictoires, des appels opposés. Je tremble, j'ai envie, j'ai peur. L'angoisse me noue la gorge comme une corde.

– Laisse-moi envelopper ton corps telle une immense jacinthe d'eau, propose-t-il. Laisse l'intemporel emporter nos sens comme deux nuages arrachés.

Puis il se passe des choses, nos corps confondus, nos sens disloqués... J'ai connu énormément d'hommes. À cet instant, j'ai l'impression d'être une vierge effarouchée et maladroite. J'ignore ce qui m'attend et où son souffle me portera...

– Pourtant, tu ne t'es jamais intéressé à moi, que je sache, Jean-Baptiste. Seule la vieille semblait captiver toute ta vigueur.

– Parce qu'il fallait te laisser le temps de vivre ta folie souveraine et profonde. Je voulais t'avoir dans un autre contexte. Je veux t'avoir à moi, sans amertume ni regrets. C'est toi que j'avais dans mes bras pendant que je la besognais.

– Et qu'est-ce qui te fait croire que je t'aime, moi ? Et puis je ne suis qu'une folle, une Négresse au sexe glouton. Que ferais-tu d'une épouse passe-partout ?

– Que ferais-je d'une femme sans expérience ?

Et puis ce que nous allons vivre ne ressemble en rien à ce que tu connais. Je me trompe ?

Je ne veux pas tendre vers lui mes mains. Je les croise sur ma poitrine. Un non s'est échappé de mes lèvres et s'est mêlé à un vacarme assourdissant. Cris et cavalcades se rapprochent. Que se passe-t-il ? Qui est mort ? Où ? Quand ? Comment ?

J'enfile une robe, mais avant que je ne franchisse le seuil, Fatou est devant moi. Elle hurle, les deux mains posées sur sa tête. Elle gémit telle une chienne blessée, à moins que ses hurlements ne ressemblent aux pleurs des veuves éplorées. Elle crie. Elle est aussi lyrique qu'une chanteuse d'opéra, mais celles-ci sont payées pour donner de la voix. De grosses gouttes de sueur coulent de son front, se mêlent à ses larmes. Elle lance ses bras vers le ciel et sa voix passe du soprano au ténor.

– Qu'est-ce qu'il y a, Fatou ? Qui est mort ?

Sans répondre et sans cesser de hurler, elle fait trembler ses doigts bagués en direction de sa chambre. Dans un vaste mouvement du corps, elle sort de la maison.

J'ai peur de ce que je vais découvrir en me dirigeant vers la chambre de mes hôtes. J'avance doucement, marchant sur des œufs, comprimant ma poitrine pour calmer le bruissement de mon cœur. La porte grince sous ma poussée. Ce que je vois me chavire la raison : Ousmane tient une poule et la sodomise comme s'il s'agissait d'une femme. Il gémit de plaisir, les yeux affolés, la langue pendante. Dans mon dos, Jean-Baptiste a un gloussement. Puis il se met à parler des origines de l'homme, de sa bestialité primaire. Ses réflexions sont incongrues dans ce coin paumé du globe terrestre.

– D'après toi, pourquoi les hirondelles migrent-elles vers des régions plus clémentes l'hiver ? me demande-t-il. Parce qu'elles le veulent ? Parce qu'elles sont des passionnées de voyage ? C'est à cause de la génétique qui gouverne les êtres, malgré les progrès de la civilisation. Ils ont gardé dans leur subconscient des traces de ce qu'ils ont été, c'est-à-dire des animaux ! Tu écoutes ce que je te dis, Irène ?

Je ne veux pas l'entendre. Ce qu'il m'a raconté au lit s'est déjà posé sur mon cœur endurci. Il y entasse des feuilles mortes pour allumer dans mes veines un feu inextinguible. Ce qu'il m'a dit est de nature à me déboîter les vertèbres. Je ne veux pas me ranger, d'ailleurs dans quoi ? Dans la petite misère tranquille des tropiques ? Dans l'amour conjugal ? Dans cet amour conjugal qui tue l'espoir des femmes et les incite à péter sur la piste de danse pendant le slow ?

Je veux continuer à écouter l'appel de la vie, pleine de brillantes lumières auxquelles on peut se brûler les ailes. Je préfère ce risque au bonheur conjugal. Je le sais déjà. Alors je cours derrière Fatou dont la générosité calculée m'a ouvert les yeux sur l'intensité du sexe. Elle est là, mon hôtesse, étourdie. Des hommes et des femmes se rassemblent autour d'elle. Elle proteste, les écarte, se fraye un chemin. Ils s'agglutinent, regardent en direction de sa case et des rumeurs rouges, jaunes, orangées, vertes montent en colonnade vers le ciel, laissant dans leur sillage le témoignage amer des amours malheureuses.

Devant nous il y a le carrefour et cette poussière rouge que soulèvent les mouvements de la vie. Je vis cloîtrée depuis plusieurs semaines. La clameur de la ville, les odeurs de sueur et des marécages me donnent le vertige. Puis les roues d'une Mobylette grésillent, provoquant un vacarme :

– Elle est morte ! Elle est morte !

Et une voix noyée au milieu du tumulte :

– Je l'ai pas fait exprès ! Elle s'est jetée sous mes roues ! J'ai freiné... C'était trop tard !

Le sol s'ouvre sous mes pieds, je tombe, je m'effondre. Non, ce n'est pas moi... c'est Fatou qui s'est écroulée.

Fatou gît sur le sol, sans connaissance. Je claudique entre les badauds. « Laissez-moi passer, c'est ma sœur ! C'est ma sœur ! » Son visage est ensanglanté. Je suis saisie d'effroi. Est-ce ainsi

144

la vie ? Je me souviens de son corps allongé dans un lit, magnifié par les jeux d'ombre et de lumière sur sa peau ; ce corps qui a toujours réagi à la moindre caresse et qui dans cette poussière semble n'avoir jamais vécu. Je pleure. Je parle. J'ignore le sens de mes paroles :

– Ce n'est rien. C'est pas grave... c'est la vie. S'en fout la mort..., ne cessent de répéter les badauds.

Ils prennent Dieu à témoin. Il ne s'est rien passé. D'ailleurs, le ciel là-haut est inaltérable. Il sèche toutes les pluies ainsi que les larmes des mères malheureuses. Puis quelqu'un dit quelque part :

– Elle a bougé ! Elle est vivante ! S'en fout la mort !

Fatou n'est pas encore une femme saine et sauve. C'est encore une femme dans une semi-obscurité, un papillon à peine dégagé de sa chrysalide. Mais elle m'a regardée, puis a murmuré :

– Une femme peut rivaliser avec une autre ! Mais une poule est une rivale impossible.

Elle se tait. On l'allonge dans un pick-up qui doit nous transporter vers l'hôpital. J'aperçois dans la foule les yeux interrogateurs de Jean-Baptiste fixés sur moi. J'ouvre et referme la bouche, dissimulant par ce geste les émotions qui bataillent dans mes veines.

– Où va-t-on ? demande le chauffeur.

– Chez le docteur Essomba, dis-je.

– Mais madame... Vous savez bien que... On l'accuse d'énormément de choses. Primo : de s'adonner au trafic d'organes. Secundo : de transformer les fœtus humains en monstres qui dévorent les cadavres. Le tertio est bien pire encore : il interdit l'introduction des marabouts dans ses services à cause de ses vilaineries...

– Je sais...

– Vous savez aussi que plus personne ne se rend à ses consultations ?

– Je sais...

– Et vous voulez quand même confier le destin de votre sœur à cet homme ?

– Oui.

– Alors je refuse de vous y transporter.

Le chauffeur se tait et la réprobation des badauds résonne au fond de mon cerveau. Je m'en fous des ragots ! Je les découpe au chalumeau ! Je les arrache ! D'ailleurs, que reproche-t-on au docteur Essomba ? D'avoir tenté d'assainir la ville en organisant vainement la sensibilisation des populations aux règles minimales d'hygiène ? D'avoir essayé d'obliger la mairie de la ville à installer un service de ramassage d'ordures ? D'avoir interdit l'entrée de sa clinique aux marabouts à une époque où l'on dépose encore des bassines d'eau autour des malades pour y noyer

146

les mauvais esprits ? D'avoir tenté d'introduire la logique dans un pays où l'on oblige les jeunes hommes à épouser les jeunes filles lorsque, par inadvertance, ils se tiennent trop longtemps derrière elles ? Où l'on enveloppe les souffrants de feuilles, où on les cache sous les matelas afin d'empêcher les sorciers de les manger ? Où, dans certaines régions, on prend les larves au fond des eaux stagnantes pour des bébés qui attendent le moment propice pour sauter dans le ventre des femmes ?

Aussi, je m'approche du chauffeur de manière à ce qu'il perçoive la naissance de mes seins. Mes doigts frôlent le renflement de son pantalon comme par inadvertance. Il déchiffre l'hommage que je lui rendrais s'il acceptait de faire ce que je lui demande. Et ma sensualité en cet instant est une vérité insupportable, d'autant que la chaleur, en ce crépuscule, l'enveloppe d'une tiédeur mousseuse. Il passe une langue pâteuse sur ses lèvres, puis :

– Je le fais pour la pauvre malheureuse, dit-il, un sourire vicelard sur sa face aplatie.

Il fait démarrer la voiture, pose sa main sur mes cuisses. On dirait un levier capable de vous briser les reins. Il l'abandonne là tout en surveillant la route. Les phares de l'automobile valsent dans la nuit. Des écureuils, aveuglés, courent devant nous, avant de s'embourber dans les buissons.

– Avance, avance tes fesses, ordonne-t-il soudain d'une voix rauque. Écarte tes cuisses.

– Après, si tu veux, dis-je. Après... Un accident est si vite arrivé !

– Ne me fais pas languir. Ça me rend bête et méchant.

Il entreprend de me caresser et de soupirer. Je ne crève pas d'envie de me faire trousser par ce balourd ventripotent, mais certaines situations ont leur propre exigence. Alors je laisse faire ce qui se doit. Je me mets dans un état végétal. Je ne ressens rien.

– Tu es chaude, gluante, glissante, brûlante...

De manière inattendue, il attrape ma main et la glisse à l'intérieur de son pantalon, sur son membre nu. Je suis surprise par la douceur de sa peau qui contraste affreusement avec la grossièreté de ses traits. Allongée sur la banquette arrière, Fatou continue de gémir.

– Oui, c'est ça, ma petite... Décalotte... lentement... On a toute la nuit devant nous...

C'est vraiment une nuit frémissante d'horreurs. Des reptiles se battent dans la broussaille déchirée par les cris des hiboux. Des motos-taxis, remorquant des familles entières, klaxonnent dans les ruelles et leurs phares jaunes crèvent l'obscurité. Les chauves-souris courcaillent avec

148

les nangabokos à la recherche de quelques victuailles. Les premières, pour s'enivrer du sang
des hommes, les secondes attendent des Blancs
boucanés, ivres de Négresses suçoteuses. Les
voilà alignées sous les pauvres lampadaires. Elles
papillotent des paupières, maltraitent leur minijupe et leurs perruques blondes créent des illu-
sions de beauté. À la vue de nos phares, elles
relèvent leurs vêtements, montrant leurs cuisses
pleines, puis poussent des cris d'horreur lorsqu'elles s'aperçoivent de ma présence. Des
vendeuses de beignets, de maquereaux braisés,
de bâtons de manioc débitent leurs marchandises
aux tourne-dos qui refusent ostensiblement de
regarder vers la rue pour ne pas être reconnus
pour ce qu'ils sont : des hommes vivant dans des
foyers où les femmes sont si paresseuses qu'elles
sont incapables de cuisiner. Dans les bars des sous-
quartiers, les pauvres chaussés de leurs sans-
confiance soulèvent la poussière aux rythmes
endiablés de la makossa ou du soukouss, de la
salsa ou du dombolo.

Puis là-bas, là où les palmiers s'alignent, où
leur majesté et leur beauté commencent à avoir
un sens, précisément à ce carrefour, habite et travaille le docteur Essomba. Aux angles du carrefour, des bâtiments coloniaux se dressent dans la
nuit, comme soucieux de rappeler aux Africains

leur assujettissement passé. Le camion s'arrête et le chauffeur me saisit violemment la main.

– On accompagne ta sœur et ensuite tu me règles ma course. Vu ?

Il est si menaçant que j'acquiesce sans discuter. Sur le trottoir, de jeunes insouciants font du patin à roulettes. Ils se croisent, dessinent des courbes et jettent en l'air de grands éclats de rire. Un vieillard dort sous un lampadaire, un chapeau de paille posé sur son visage.

Il n'y a pas de trace de vie chez le docteur. Aucun gémissement de malade ne sort de la clinique et aucune blouse blanche ne traîne alentour. Je pousse la grille et nos pas résonnent dans le silence. Devant la porte, je pose mes mains en entonnoir autour de ma bouche.

– Il y a quelqu'un ?

Sans me regarder, le chauffeur, visiblement agacé, crie à son tour.

– Il y a quelqu'un ? Il y a quelqu'un ?

Puis il se tourne vers moi et ajoute :

– Je décline toute responsabilité dans la mort certaine de cette femme si...

– J'ai compris, dis-je, exaspérée.

De nouveau :

– Il y a quelqu'un ?

On ouvre une fenêtre. Un homme apparaît et le son étouffé d'un transistor se fait entendre. C'est le docteur Essomba, diplômé de la faculté

150

de médecine de Paris. Son patriotisme héroïque lui a fait préférer les dures réalités de l'Afrique à la pompe intellectuelle des bords de Seine. Il a des cheveux défrisés et plaqués en arrière selon la mode afro-américaine des années soixante. Sa moustache finement recourbée le fait ressembler à un acteur dont j'ai oublié le nom. Il est si propre que sa peau trop astiquée a perdu de son éclat..

– Que voulez-vous ?

– Il y a un malade, docteur, dis-je. Ouvrez, s'il vous plaît !

Il ouvre la porte avec précipitation, avec ahurissement, dirait-on.

– Entrez... Entrez... Qu'est-ce qui lui est donc arrivé ? La pauvre ! Heureusement que vous ne l'avez pas amenée à l'hôpital...

Il dit que là-bas il faut être un génie pour distinguer les microbes que les patients apportent avec eux de ceux qui ont élu domicile au sein de l'établissement. Ils sont partout : dans les couloirs nauséabonds, dans les salles de repos du personnel médical, entre les draps du lit, sur les tables d'opération où les malades crèvent, invariablement, d'une infection postopératoire.

– On ne peut enseigner à la vie d'être autre chose que ce qu'elle est, dit-il. Attendez-moi là, ajoute-t-il en nous indiquant des chaises.

Puis, soutenant toujours Fatou, il ouvre une porte qu'il referme derrière lui. J'ai le temps d'apercevoir un petit lit tendu de draps blancs et, sur une table basse, des pinces et des bistouris alignés. Et de réaliser que le docteur Essomba regarde Fatou avec une concentration peu habituelle.

La salle d'attente n'a rien de particulier. Une ampoule jaunâtre pendouille sur un vieux lustre. Dans une grande armoire sont rangés des pots et des flacons étiquetés. Au-dessus un fœtus marine dans un bocal et son cordon ombilical monte au ciel en racine pieuvre. Çà et là, des pense-bêtes punaisés permettent au docteur de parer à la traîtrise de sa mémoire. Plusieurs fissures ont été masquées avec de la tôle ondulée, ce qui augmente l'ambiance oppressante de la pièce. Je regarde les chaises vides disposées le long des murs. Je me dis que, sans ces calomnies, elles seraient occupées par des personnes de tous âges attendant, en silence, un bout de papier à la main.

– On ne peut enseigner à la vie de ne pas être autre chose que ce qu'elle est, dis-je, reprenant à mon compte la phrase du docteur.

– À qui le dis-tu ? demande le chauffeur.

Et sans que j'aie besoin de l'aiguillonner, il ajoute :

– Thérèse n'attend qu'une chose : que je meure pour qu'elle puisse mener la vie qu'elle veut. Certaine que ce qu'elle souhaite c'est de passer de main en main jusqu'à épuisement. Mais je ne mourrai pas de sitôt, je te le jure ! Je vais continuer à l'emmerder jusqu'à ce qu'elle en crève.

– Qui est-ce, Thérèse ?

– Ma femme. Seigneur ! voilà six ans que nous sommes mariés ! J'ai été puni d'avoir choisi d'épouser une femme si jeune et si belle. Je suis sûr que, dès l'instant où je mourrai, elle s'enfuira pour rejoindre mon petit frère... Parfaitement... Mon petit frère... L'intello. Que lui fera-t-il que je ne puisse faire ? Peux-tu me le dire ? Tu as vu mon sexe. Comment le trouves-tu ?

– Dans la norme supérieure, dis-je vaguement.

En réalité, j'ai d'autres préoccupations. Je suis inquiète pour Fatou. Ses gémissements sont insoutenables. D'ailleurs, ce que le chauffeur attend de moi sous sa mine renfrognée c'est de lui accorder vite fait bien fait un coït à la tarte aux pommes.

– Dans la norme supérieure, dis-tu ? Alors, peux-tu m'expliquer ce qui lui manque ? Ah, j'oubliais que vous autres, femmes, recherchez toujours chez les hommes l'indifférence, la cruauté, le mépris, la férocité, l'égoïsme. Vous excusez tout de vos partenaires, excepté la bonté, le respect et la générosité. N'ai-je pas raison ?

– Je ne peux le confirmer.

– Oh, que si ! Ta sœur, par exemple, vit avec un homme qui la ridiculise devant tout le monde. Elle tient à son bourreau au point de se laisser

153

écrabouiller par une Mobylette... Ce qu'elle aime chez son mari, ce sont ses saloperies. Les mauvais traitements aiguisent l'appétit sexuel des femmes. En réalité, cette attitude vous rend désirables mais jamais grandioses et souveraines.

Puis, comme suivant une pensée d'autocommisération, il se lève et vient s'agenouiller devant moi. Il m'attire vers lui, glisse une main sous le tissu, serre mes seins.

Je le laisse faire parce qu'il mérite ces largesses. Parce que j'ai peur. Une angoisse venue du tréfonds de mon être et qui me fait croire que je vais disparaître, me dissoudre dans l'espace si je n'y prends garde. Je revois les circonstances qui m'ont conduite à devenir folle. J'analyse l'intense activité sexuelle à laquelle je me suis livrée ces dernières semaines. Je dissèque l'accident de Fatou. Il n'y a pas de hasard. Les forces du Destin s'opposent maintenant à cette vie. Souhaitent-elles me renvoyer à mes origines ? Je le sens, je le crois. Elles estiment que mon éducation sexuelle est terminée... Une éducation sentimentale africaine. Je connais aujourd'hui les cent dix mille positions de la fornication. Cette route s'achève...

Le chauffeur continue de me caresser tout en naviguant vers ses délires, dont Thérèse est l'épicentre. Il parle de sa beauté et de son adulation. Sa respiration est précipitée et je vois, aux mouvements de ses lèvres, que ces évocations le font souffrir tout en lui procurant un bonheur indicible. C'est sans doute cela l'amour.

Soudain, la porte s'ouvre avec fracas. On sursaute et la silhouette du docteur Essomba s'encadre dans le chambranle.

– Désolée, docteur, dis-je avec une lenteur excessive pour cacher mon embarras.

Il détourne son regard pour me laisser le temps de réajuster mes vêtements.

– Comment va-t-elle ?

Il nous précède dans le cabinet. Fatou est allongée sur le petit lit, engourdie dans un demi-sommeil. Ses grands seins tombent de part et d'autre de sa poitrine. Sa jambe est plâtrée, son bras aussi. Elle est obligée d'attendre. Elle ne peut pas répondre à une étreinte. Elle ne peut pas bouger.

– As-tu mal ? lui demandé-je.

– Non, mais je reste ici ce soir. N'est-ce pas, docteur ?

Il acquiesce. Mes yeux passent de l'un à l'autre. On dirait qu'ils se connaissent. Il se dégage d'eux une harmonie propre à ceux qui s'aiment. Une auréole spéciale les entoure. Ils me font penser à certaines représentations du Paradis. Comment peut-on tomber si vitement amoureux ? Que c'est étrange, la vie ! Lorsqu'on se balade dans la forêt et qu'on se prend les pieds dans un piège, trois hypothèses peuvent se présenter au hasard du destin :

a) On peut gémir de douleur sous les étoiles, prier de toutes ses forces afin que le chasseur arrive aux aurores pour vérifier sa chausse-trappe.

b) Se faire dévorer dans la nuit par un animal sauvage.

c) Être sauvé par un prince charmant qui passait par là sur son cheval blanc.

J'embrasse les joues de Fatou en souriant intérieurement à toutes les méchancetés que je lui ai dites : ce n'était rien, rien qu'une forme de complicité.

– Prends soin de toi, lui dis-je.

Elle me regarde, les yeux noyés de larmes, comme si elle pressentait que c'était la dernière fois, que la vie ne nous remettrait plus jamais en présence l'une de l'autre.

– Fais attention à toi, rétorque-t-elle. Fais gaffe, Irène. Les citoyens ont décidé de mettre de l'ordre dans la cité. Ils tuent les voleurs parce qu'ils sont convaincus que les policiers sont leurs complices.

Je n'ai pas envie d'approfondir le sujet, d'en savoir plus. Ce qui m'intéresse quelque peu, c'est que ce qui se passe entre le docteur et Fatou n'a guère besoin de mille réflexions philosophiques. Le docteur Essomba sera son cavalier. Il la chevauchera. Il la fera succomber à des fatigues, puis il l'élèvera, l'unira à lui jusqu'à l'inséparable. Les larmes qui coulent de mes yeux ne sont qu'une musique pour accompagner le sublime de ce nouvel amour.

En attendant, je ne peux plus revoir Ousmane. Quelque chose en moi s'est éteint. J'ignore quand. S'agit-il des déclarations bouleversantes de Jean-Baptiste ? Je donne la main au chauffeur. Et, ensemble, on s'achemine vers les sous-sols de l'obscène, on se vautre dans la luxure avant que ma jeunesse ne m'échappe.

Là, dans un parking obscur, il me trousse comme un fou. Son pénis fouaille ma truffe avec voracité. Dans son excitation ou sa schizo-phrénie, il croit que je suis Thérèse. « T'aime ça, hein, dis, Thérèse ? Que je te touche jusqu'au fond, hein ? T'es vraiment sucrée... mielleuse... bonne... bonne... à en crever... »

Il faut que Thérèse le reconnaisse. Il faut qu'il affirme sa présence dans ses yeux vides. Et il la cherche dans mon odeur, dans la forme de mon ventre, dans mon sexe. J'ai peur et je suis bou-leversée. Je l'aide de mon mieux en m'envolant au-devant de ses désirs. Il ne s'agit pas seulement d'un coït, mais d'une démonstration de toute la puissance virile d'un étalon magnifique. Sa langue suce mon clitoris avide, gourmande. Il inscrit dans mes chairs des signes cabalistiques avec une appétence vulgaire. Il refait les mêmes gestes plusieurs fois, jusqu'à ce que mon corps émette des signaux d'abandon. Il crie sa victoire, s'arc-boute et s'écroule sur moi.

– Je suis désolé, s'excuse-t-il en roulant sur le côté. Je suis vraiment désolé, répète-t-il parce qu'il vient de s'apercevoir que je ne suis pas son centre... que je ne suis pas Thérèse.

– De rien, rétorqué-je, heureuse parce que, fable ou pas, ce qui vient de se passer a un sens.

Sans que l'un ne désire l'autre, nous avons satisfait nos besoins.

Demain, me dis-je, je rentrerai chez moi. J'affronterai les racines des pulsions dont l'impétuosité me jette en quête d'aventures rocambolesques. Je retrouverai ma mère et ses façons de manger du bout des lèvres parce qu'une femme ne doit, en aucun cas, montrer au soleil ses plaisirs. Demain, je reverrai ma mère pour qui toute féminité se résume à cette phrase :

– Une femme, une vraie, doit savoir faire la cuisine !

Par cette aube claire mais sans soleil, j'ai décidé de rentrer à la maison. Peur et contraintes me cernent. J'ai les yeux bas, la bouche gonflée et le corps endolori. Je marche dans la poussière rouge et la folie de la vie suinte de partout. Les autocars surchargés de victuailles et d'hommes boitillent dans les crevasses en klaxonnant. Les gens chez nous passent peu de temps à travailler, énormément de temps à se battre. Sans doute parce qu'ils ont déjà vécu tant de passés qu'ils n'ont plus d'avenir, ce qui explique qu'ils se battent en permanence. Toujours des bruits, toujours des vagues, comme si la vie ne pouvait supporter le moindre calme. Alors, moi qui ne suis qu'une jeune femme, je rêve de tout faire disparaître pendant quelques mois, afin qu'ils n'aient plus qu'une activité : faire l'amour. Peut-être alors auront-ils les idées en place ?

Les pousse-pousseurs s'insultent : « Oh, toi, pauvre Nègre, dégage ton arrière ou je te le fais manger. » Les nanas Benz débordent de leurs Mercedes : « Faites passage, bande de vauriens. » Les bayam-sellam s'étripent et les morceaux de leurs haillons volettent comme des bouts de papier dans le vent. Même les maîtresses à petits cadeaux traînent les baise-gratuit par leurs ceintures : « Tu vas me payer mon cul aujourd'hui ! Espèce de profiteur de fesses ! » Et leurs lèvres suceuses envoient des jets de salive dans l'air. Les épouses, détraquées par plusieurs maternités, prennent la défense de leurs maris : « Il n'est pas obligé de régler cette facture de cuissage. C'est toi qui l'as laissé faire, *djô*, sans fixer de somme au départ. » Même cocufiées, elles les aiment encore. Elles ont leurs hommes dans la peau.

J'entre au marché, grouillant de monde et bourré de recoins. Des cabanons çà et là, à n'en plus finir. On y plonge comme dans un labyrinthe. On connaît l'endroit par où l'on entre, mais jamais celui par où l'on va ressortir. De minuscules allées se perdent. Des chemins vont vers des tas de boutiques et s'égarent dans les poissonneries. J'y voyage comme dans de la dentelle. Je me frotte aux ménagères qui, l'air de rien, se défient en jaugeant réciproquement les contenus de leurs sacs à provisions. Elles sont si envieuses ou dédaigneuses, que des éclats métalliques brillent dans leurs yeux. Des poissons fumés, des viandes boucanées et des légumes aux mille

160

couleurs, ils dégagent tant d'odeurs qu'un nez ne saurait distinguer les senteurs de chaque produit.

Et là, devant cette boutique qui croule sous le poids des tissus, je m'arrête. C'est le magasin du vieil Édouard, le doyen de mon quartier. C'est grâce à lui et à quelques-uns de son espèce qu'est né notre gigantesque bidonville. Il en est la mémoire et la respiration. Il avait commencé à commercer déjà bien avant ma naissance. La manière dont il m'accueillera me dira ce qui m'attend chez moi à New-Bell, la vie ou la mort.

Mais où peut bien être le vieil Édouard ? Il n'est pas devant ses marchandises. Il ne doit pas être bien loin. Un son provenant de l'arrière-boutique me guide. Je traverse les wax, les indigos, les cicam et d'autres pagnes dont j'ignore le nom. Où s'arrêtera donc cette profusion de vêtements ? Je m'enfonce de plus en plus dans le ventre du magasin criblé de marchandises. Il y a au fond de l'échoppe une lourde tenture rouge. Je dois me faire une raison, il n'y a personne. Je ne me fais aucune illusion sur l'accueil de ma mère. Mais dans la vie, comme sur un vélo, si on cesse de pédaler, on tombe. Soudain, j'entends un léger soupir. D'où peut-il bien provenir ? Je soulève un pan du rideau et ce que je vois me laisse abasourdie.

L'arrière-boutique est une petite pièce sans fenêtre. La lumière du jour y tombe à la verticale par une toiture plastifiée de couleur neutre. Et là, en plein milieu, comme un autel dans une arène vide, brille la nudité d'une jeune femme. Elle est accroupie sur ses fesses rebondies. Je vois d'abord ses pieds, aux orteils parfaitement nettoyés, puis ses jambes aussi longues que le chemin de l'espoir. Au creux de ses cuisses écartées, son sexe rouge est humide. Je sais qu'il est humide rien qu'à le regarder. Ses seins pleins débordent de son chemisier transparent. Des flammes pétillent dans ses yeux et des pulpes d'angoisse ou de plaisir, frémissent sur ses lèvres entrouvertes. Je le dis ainsi parce qu'elle a cet air propre aux filles posant pour les journaux obscènes qui vous sourient avec sensualité mais dont vous percevez la détresse. Autour d'elle, trois vieillards assis sur des chaises. Ils caressent leurs sexes, évoquent leurs souvenirs, et la voix de Tino Rossi les accompagne dans leurs réminiscences. Ils peuvent à peine bouger dans ce réduit et, de là où je suis, je peux sentir la tiédeur de leur pesante respiration.

– Tu te souviens de la petite Rosa ? interroge l'un d'eux, et je reconnais le crâne chauve du vieil Édouard ainsi que sa voix chevrotante. Quelle classe, n'est-ce pas ? Oh, c'était une époque sans vulgarité. J'avais encore ma grande plantation de café à Djomé. Quel beau palais que le mien ! Tout en marbre et perché au sommet de

162

la montagne qui surplombe la ville. Maintenant, lève-toi ma fille, ordonne-t-il à la femme. Tourne-toi lentement. Approche. Cambre-toi. Cambre... Tu sens mon doigt ? Ne gémis pas. Je ne supporte pas les cris de plaisir des femmes. Même au cinéma, elles font semblant. C'est chaud et doux... Moelleux... Tendre... Ah, non ! ne crie pas. Ne te crispe pas ! Détends-toi, ma fille. Ces vieux doigts étaient autrefois aussi sucrés que des bâtons à sucer, ma fille ! John, te souviens-tu de Malika ? Et toi, Tchankeu ? Quelle emmerdeuse ! Elle avait ébouillanté la petite Dora par jalousie. Elle a fini en prison. Et la Dora était si défigurée que je n'ai plus eu envie de l'estringler !

Un fou rire adosse John et Tchankeu sur leurs chaises. La fille les regarde comme si elle assistait à un assassinat. Elle fait exactement ce qu'on lui dit. Le vieil Édouard s'agenouille entre ses jambes. Il doucifie chaque parcelle de ses cuisses avec sa langue, puis ses doigts reprennent leur ascension dans ses entrailles. De temps à autre il ponctue ses gestes par ses propres mots :

– Fais-nous plaisir, fillette, ferme les yeux... Ainsi... c'est mieux. On est des gentlemen. On ne veut pas imposer à une jeune femme des images désagréables.

Puis les trois compères baissent leur pantalon. Ils la caressent tout en s'occupant de leur propre plaisir. Leurs gestes sont précis. Leurs doigts se déplacent avec une telle agilité qu'ils semblent jouer du piano à six mains sur la pointe de ses seins, sur la cambrure de ses fesses et entre ses cuisses. N'eût été l'obligation faite à la femme de ravaler ses gémissements, ils lui auraient tiré des sons stridents, des désirs torturants et lui auraient fait éclater la cervelle. J'ai l'impression que cette scène est irréelle, que les limites temporelles s'écroulent, d'autant qu'aucun son extérieur ne franchit les murs insonorisés par les tissus. La fille roule des yeux comme si elle se trouvait nez à nez avec un extraterrestre. Soudain, elle se colle à Édouard.

— Non, pas ça, proteste le vieillard. Je ne peux pas. Je suis trop vieux... Tu vas me tuer...

Elle ne l'écoute pas. Ses jambes l'encerclent, l'obligeant à se laisser glisser sur le ciment. Elle le chevauche ! Elle s'empale ! Elle se cingle de plaisir ! Elle se fusille ! Et monsieur Édouard est si désarmé qu'il étale ses émotions et fait découvrir ses faiblesses :

— Oui, c'est bon ! doucement, fillette... Je... Je suis vieux... Là, là, petite chérie... Ne me tue pas... Oh, oh, oui !

Lorsque ses muscles se crispent, annonçant l'expédition d'une perlée de sève dans les nuages, que ses yeux chavirent, elle ordonne :

— Retiens-toi !

Et elle se lève, la princesse. Elle est belle, aussi belle que la légende des fleuves et des montagnes, aussi magnifique que l'épopée des descendants de femmes-serpents. Elle tend ses fesses à monsieur Tchankeu. L'esprit du vieillard a une ratée, ronde et nerveuse. Il s'accroche à sa cambrure, se met sur les pointes, s'ajuste à sa béance. Il s'enfourne ! Il disparaît ! Il hoquette, l'esprit en feu ! Il convoque ses aïeux pour mourir silencieusement dans leurs bras.

– T'es vraiment gentille toi, lui murmure-t-il. Que Dieu te garde.

Lorsqu'elle le sent prêt à envoyer sa ligne de purée corporelle, elle l'interrompt :

– Pas de saloperie dans mon ventre.

Puis elle l'envoie s'échouer dans les bras du vieil Édouard.

Quand arrive le tour de monsieur John, son désir a déjà tant poussé par ses pores qu'il en est exténué. « Regardez ce qu'elle me fait ! Une vraie sorcellerie ! » ne cesse-t-il de répéter, en voyant les lèvres de la jeune aller et venir sur son archet. C'est la première fois qu'on le fellate. Il chiale de bonheur. Il délire, le vieux, vaincu par les mille sensations jamais expérimentées. Ses poumons ronflent dans la lame de l'air. Son nez coule et il y a belle lurette qu'il ne sent plus ses jambes.

La déesse se rhabille en sifflotant tandis qu'allongés sur le ciment les trois vieillards, décimés par le plaisir, la contemplent. Ils semblent l'adorer comme une icône, à moins que ce ne soit comme leur mère. Elle ramasse leurs pantalons, en fouille les poches, s'empare de billets de banque qu'elle enfouit sous son chemisier :

– Vous en avez moins besoin que moi, mes amis, étant donné votre mort prochaine.

Ils ne bougent pas, engourdis par cette tendresse particulière à l'après-orgasme. Ils ont l'air de trois gorilles qui viennent de donner le meilleur à leur progéniture. Elle est si étourdie de plaisir ou de cupidité qu'elle s'éloigne sans me voir.

– Pour les vieux messieurs comme nous, hoquette Édouard en mettant une minutie particulière à se rhabiller, la fin du monde est proche. Il ne nous reste d'autre réconfort que celui qu'on vient de vivre.

Sans bruit, je quitte mon poste d'observation et m'enfonce en sens inverse. À l'extérieur, la lumière est une ligne pure. Les gens vont et viennent, font leurs chapelets de salutations habituelles. Quelquefois, ils marchandent. Leurs voix crissent et me font penser aux nids d'abeilles. Je m'assois sur la chaise du vieil Édouard. Épuisée par toutes ces aventures, ma tête dodeline. Quelques minutes plus tard, j'oublie où je suis.

Soudain, un fracas gigantesque me fait sursauter. Je manque tomber à la renverse. Le vieil

Édouard est furieux tel un paysan à la poursuite d'un chien qui vient de lui voler son poulet. C'est lui qui vient de crier, planté devant moi, les pieds à plat et dégoulinant de sueur.

– Ne sais-tu pas qu'il est interdit de s'asseoir devant la marchandise d'autrui ? me demande-t-il. Et ses yeux de mouche s'encolèrent. Ça apporte la poisse, Irène !

Pour qui me prenais-je ? Où me croyais-je ? Dans une boutique pour riches à Neuilly ou à Manhattan ? Dans un endroit où le paludisme se dessèche comme flaque d'eau sous le soleil ? Pauvre sotte ! Quel monde ! Personne ne respecte plus rien ! Debout, les bras croisés sur la poitrine, ses complices acquiescent à ses propos. Ses doigts fins, qu'il agite sous mes yeux, donnent l'impression qu'il est professeur dans une université.

– Excuse-moi, monsieur Édouard, dis-je. J'étais juste passée pour te rendre une visite de courtoisie.

– Malchance !

Il harangue et c'est le dégoût qui fait remonter les coins de ses lèvres fripées. Voleuse de cadavre ! Perverse ! Tordue ! C'est ce qu'il rêve de me jeter à la figure. Il prend des chemins détournés pour me le faire comprendre. Mes os perçoivent que ces vilaines insultes m'attendent à New-Bell, kilomètre cinq. Je le sens, je le sais.

J'en ai des sueurs froides. Mon cerveau a beau faire floc, flac, je sais que ma famille est au courant de mes extravagances, de mes folies et de mes bizarreries. Tout ce à quoi j'ai échappé depuis des semaines remonte à la surface. Ma situation est si précaire que j'ai le sentiment d'être suspendue quelque part entre la vie et la mort. Je vais subir la foudre des hommes et le jugement des femmes. J'en suis si consciente que je tente de m'insurger contre ma disgrâce. Je veux rester maîtresse de ma peau ou, du moins, de ce qu'il en reste.

– Je vous ai vus tout à l'heure avec la fille, dis-je d'une voix basse. Toi et tes copains...

Cette révélation désarçonne tant le vieil Édouard qu'il se laisse tomber sur sa chaise, prostré. Il y a du feu en moi, de la joie, du triomphe. Je domine les événements, l'espace, le monde, les rancœurs, les haines. Je les canalise. Je les ordonne. Je les transfigure. Je dis à ces vieux pervers qu'ils étaient transportés par l'ivresse métaphysique de leurs sens, traqués et vaincus par le plaisir, abandonnés, incapables de réagir, comme embourbés dans la vase. Je dis encore. Je dis toujours. Puis j'achève :

– Voyez-vous, mes vieux, on a tous un vice caché.

– Qu'est-ce que tu veux ? demande le vieil Édouard. De l'argent ?

– Que ferais-je de ton fric, dis-moi ? Devrais-je me le mettre sur la bouche comme un bâillon pour ne pas clamer aux vents : Savez-vous que, sous ses airs de grand-père parfait, monsieur Édouard n'est qu'un dévergondé ? Devrais-je m'empêcher de vociférer aux étoiles que sous le vernis du respectable citoyen se terre un vieillard corrompu ? Devrais-je dire aux pluies de cesser de le glorifier ? À bien y regarder, tu n'as jamais fait montre d'abnégation ou de charité. Tu n'as jamais livré bataille contre les mille épidémies qui traversent notre ville-poubelle par bourrasques chaque année. Peux-tu me dire d'où te vient ce respect qu'on te voue ?

Il tremble, le vieil Édouard. Ses pores dégagent cette odeur de moisissure spécifique aux vieillards. Je sais que je suis une pourriture. Je suis une saleté jusqu'au moindre repli de mon être. Je n'ai aucun regret quant au cadavre volé, je l'avoue. Ma conscience ne m'assaille pas de remords parce que j'ai volé ou détroussé. Je ne suis pas tourmentée lorsque le miroir de ma mémoire me reflète l'image d'une adolescente à la sexualité débridée. Mais lui ? Combien de morts cache-t-il sous ses vieux os pointus ? Il peut me dire sa vérité. Il me la dira comme les vieux, avec des mots obscurs ou simples, qu'il noiera sous une avalanche de subtilités et d'abstractions. Comme tous les vieux. Je n'ai pas confiance.

– Alors, que veux-tu ? me demande à nouveau le vieil Édouard.

– Rien, dis-je, mystérieuse. Rien.

Je déguerpis en vitesse, regardant autour de moi, craintive. Il y a bien longtemps que mon cœur n'a pas battu sa chamade. Mes mâchoires claquent comme une grille de fer que le vent ballotte. Des gens grouillent et je ne reconnais aucune trace d'amour sur leurs visages. Chacun d'eux est susceptible de me trahir : « Voilà la voleuse de cadavres ! » Je me demande quel chemin prendre sans me faire coincer. Le plus simple eût été qu'il y eût tant de chemins au monde qu'aucune probabilité n'eût pu permettre aux humains de se croiser.

Soudain, j'aperçois les bouchers couverts de sang, ce sang de la vie, ce sang de la mort. Ils découpent les morceaux de viande avec haine, comme s'ils coupaient les membres d'un ennemi. Ils cassent les os avec une telle férocité qu'on croirait qu'ils broient le crâne d'un adversaire. Des grosses mouches vertes frottent leurs pattes sur des quartiers de bœuf sanguinolents.

– Irène ! Irène ! Où as-tu disparu, ma petite ?

Merde. C'est Saturnin, un des plus beaux garçons de New-Bell, kilomètre 5. Pourvu que j'aie le temps de me fondre dans la foule. Je fais mine de ne pas entendre. Je veux fuir... Fuir. Impossible de disparaître dans cette marée humaine. Elle m'encercle. Je ne vais pas m'évanouir, non ?

– Irène, mais qu'as-tu ? demande le désir, les yeux agrandis comme sous une poussée de drogue.

L'amas de zébu qu'il hache avec violence reste suspendu dans sa main.

– Ah, c'est toi, Saturnin ? demandé-je comme si je venais de m'apercevoir de sa présence.

– Mais qu'est-ce que tu as ?

– Rien. Rien... J'étais perdue dans mes pensées... Je n'ai pas fait attention.

C'est tout ce que je peux dire devant ma honte. Honte d'avoir peur. Honte de me cacher alors qu'il eût fallu séduire ce bel homme. Peut-être serait-il capable de me conduire vers des sommets de cristal ? Je ne crois plus à rien. Je suis désespérée. J'ai peur de tout, mais je recherche encore l'intimité humaine qui n'existe plus. Et puis, trop de précipitation peut éveiller les soupçons. Je reste là, malgré cette femme qui attend Saturnin, appuyée à ce bâtiment loqueteux. Elle est énorme. Saturnin adore les femmes débordantes. Il aime les femmes dont les amants ont besoin d'une échelle pour avoir une vue globale de leur corps. Il apprécie celles dont on peut visiter les chairs durant une éternité, sans jamais en connaître les frontières.

La *ngô* en question est vêtue d'une minijupe griffée de France. Son tee-shirt de chez Chanel comprime ses mamelles abondantes. Elle porte des lunettes noires cerclées de faux diamants directement importées d'Italie. Son parfum pue drôlement bon et il ne faut pas être devin pour savoir qu'elle arbore des dessous de dentelle excessivement chers. Elle snobe le marché, la crasse et les autres femmes comme toutes celles de son espèce qui s'amènent ici et disent à Saturnin d'une voix qui sort toujours de leur nez :

– Je voudrais la spéciale.

La spéciale est saucissonnée sous le tablier ensanglanté de Saturnin. Il a l'air d'un chirurgien, mon ami. Ces dames avec chauffeur, réfrigérateur, boys et tralalère attendent qu'il les dissèque ! Qu'il leur refroidisse les ovaires ! Qu'il leur rafraîchisse les trompes ! Parce qu'elles sont mariées aux suppôts des dictateurs dont les couilles, à force de magouiller, de piller le pays, deviennent si molles qu'ils n'ont plus qu'une seule distraction : envoyer des balles dans la nuque des opposants.

C'est bien lui que celle-ci attend. C'est vrai qu'il est beau, Saturnin. Beau tel un bonheur éphémère. Il les fait frissonner. Il est la puissance agile qui les fait jouir derrière le vieux frigo de la boucherie. Leur jouissance est sans cri, aussi hypocrite que leur quotidien. C'est bien un homme de son genre que j'attends. Mais il préfère briller seul, comme une étoile. « T'es bien maigre, Irène ! a-t-il coutume de me dire. La diète, en matière de sexualité, atrophie le plaisir. » Il lui faut de la chair, de la carne, de la viande afin que son sexe souffle du feu. Il n'est pas question de l'aimer, bien sûr ! À dire vrai, je n'en sais rien. Aimer... Je n'ai pas souvenir d'avoir connu de couple réellement amoureux. Mes parents ne se sont jamais dit : « Je t'aime. » Ils ne savent pas ce que c'est.

– Il y a bien longtemps que je ne t'ai vue ! Où as-tu disparu, ma sœur ?

Il a une curieuse façon de m'observer. Méfiant, peut-être. Intrigué, sans doute. Mais son regard brouille en moi le temps. Sa façon de m'appeler ma sœur insulte le concept de la généalogie. Je n'aime pas ça. Alors j'éclate de rire.

– J'ai dit une idiotie ? demande-t-il.

– Je suis ta sœur, dis-je en hoquetant, mais cela ne signifie pas que je ne vois rien, n'entends rien, ne ressens rien pour toi.

– Vous avez fini de vous amuser ? demande d'une voix nasillarde la bourgeoise qui attend la spéciale. Je n'ai pas que ça à faire, vous écouter blaguer !

Puis elle passe une langue sur ses lèvres enflammées au rouge. Elle défie Saturnin, suivant le code de comportement bourgeois auquel, selon toute vraisemblance, doit répondre le désir bestial de l'homme. Mon ami se soumet à cette condescendance princière qui, dans cet environnement de pauvre, paraît surréaliste.

– Tout de suite, madame Djingué, dit-il. Contournez le comptoir, je vous prie. Vous aurez un morceau de choix.

Les mouvements de Saturnin sont agités. Il a cette appréhension des employés face à leur patron. Et là, derrière ce minable frigo, entre des quartiers de viande, il la pousse sans égards face au mur, glisse ses mains sous le tissu, remonte l'ourlet de la jupe sur le ventre, attrape ses seins, les tripote puis, d'un mouvement sec, la pénètre. Il la baise avec une brutalité blasphématoire. Il n'y a aucune tendresse dans ses gestes. Pour ce style de femme, faire l'amour n'a pas de sens figuré. Son énorme postérieur tressaute. Elle se cambre, s'ouvre, s'écartèle. D'ailleurs, elle parle, la bourgeoise, d'une voix rendue saccadée par les secousses. Elle bavarde à haute et intelligible voix pour tromper les clients qui attendent.

– C'est vraiment un morceau spécial... Je suis impressionnée... par sa grosseur... par sa puissance... par sa douceur... par son moelleux... C'est vraiment bon... très bon... Mon mari va apprécier. Je vais conseiller tes services... à mes amies... Elles sont riches... tu sais ? Oui... Comme ça... Donne encore... Encore... C'est ça, vraiment...

délicieux... Donne... Donne tout, maintenant...
Merci... Merci...

– T'inquiète, madame Djingué... À votre service, madame. Pour votre plaisir, madame.
Saturnin est toujours présent même quand il est absent !

En entendant cette conversation érotique, les gens n'osent pas demander combien coûte la spéciale. Ils savent, rien qu'aux commentaires de madame Djingué, qu'elle est hors de leur portée.

Madame Djingué défroisse ses vêtements. Ses hautalonnés claquent et font bouger ses seins. Elle revient au comptoir avec la certitude que la terre entière l'admire. Ses traits sont tirés. Des cernes craquellent sous son fond de teint. Elle a l'air plus vieille après cet assaut, mais épanouie. Elle sort une liasse de billets devant témoins et règle l'addition.

– À la prochaine, dit-elle en minaudant parce qu'elle est persuadée qu'elle est l'une des seules femmes au monde capables d'acheter le centre de son système émotif, sensuel et affectif.

Elle s'éloigne. « Pardon, pardon... Laissez passer ! » Saturnin la suit du regard, complice de sa lubrique féminité. Son chauffeur l'attend et mon cœur chauffe. D'habitude, je considère que faire l'amour est un droit et Saturnin a toujours décliné mes suggestions en installant entre nous une barrière infranchissable, celle d'une intimité prudente et d'une fraternelle complicité que je déteste.

– Je suis quand même plus belle que cette...

– Il ne s'agit pas de beauté, Irène, me souffle Saturnin. Ces femmes me sont complètement indifférentes. Mais j'éprouve du désir pour elles. Quelquefois, le plaisir est si fort qu'il touche au crime.

– Tu pourrais tomber amoureux de l'une d'elles sans même t'en rendre compte.

– Je m'en sers, point final. L'homme dessus, la femme en bas... C'est toujours ainsi depuis la nuit des temps... Je peux te garantir que je les fais jouir.

– Sûr que tu les fais jouir. Mais de quoi ? De leur chance d'être vaincues par le sexe d'un homme-Dieu qui les comble jusqu'à l'exaltation ? Ou de leur victoire de bourgeoises sur le beau mâle qu'elles achètent ?

– Irène, ce n'est pas un sacrilège de vouloir que le monde soit rêve et flottement. Changeons de sujet... Regarde plutôt et apprécie. Voilà Rosa qui s'approche... Quelle beauté ! As-tu déjà vu d'aussi jolis seins ? As-tu vu des hanches se balancer avec une telle grâce ? As-tu déjà rencontré des jambes aussi arquées et poilues ? Entre ses cuisses, ça doit être la forêt équatoriale... On doit s'y perdre, d'autant qu'elle est vierge ! Elle sera ma femme un jour, je te le jure !

Saturnin est à nouveau au bord de l'explosion ou de la crise de nerfs, à moins que ce ne soit de l'apoplexie ou de l'infarctus. Rosa ne s'étonne pas de ma présence. Dans son esprit, je fais partie intégrante de la pourriture du marché. Sa jupe d'écolière remonte haut sur ses cuisses dodues. La sueur forme des auréoles sous ses aisselles. Ses lèvres sont si épaisses qu'elles semblent dégager de la buée. Ses tresses sont ramassées en un énorme chignon derrière sa nuque grasse. Sa façon d'être est entre nous une barrière infran-chissable.

– Je passais par là, dit-elle à Saturnin avec une moue dédaigneuse. Je me suis dit que te donner le bonjour ne me coûte rien.

– C'est toujours un plaisir de te voir, ma chérie, dit Saturnin en l'accueillant.

Elle l'embrasse de manière à le sentir frémir au contact de ses seins. Ils se regardent à la dérobée comme si, entre eux, l'essentiel avait déjà été dit. Le temps d'un bonjour-au revoir, Saturnin glisse dans son soutien-gorge des billets de banque, ceux que vient de lui offrir madame Djingué. Ensuite elle tourne les talons, et son mépris m'éclabousse.

– Sais-tu que je n'ai jamais embrassé une femme sur la bouche ? me dit Saturnin, rêveur. Le jour de notre mariage, je la soulèverai dans mes bras et la jetterai sur le lit ; je l'embrasserai à lui couper le souffle. Je lécherai en chien reconnaissant les volumes souples de son corps pour mieux enregistrer ses odeurs. Je mordrai chacune de ses ouvertures en lui disant : je t'aime. Ensuite, je la pénétrerai avec douceur et lui ferai l'amour avec une telle fureur qu'elle en restera hébétée. Rien qu'à y penser, je suis dans un tel état ! Viens avec moi... Viens me soulager...

– Non... pas comme ça... Pas sans amour...

– Viens avec moi. Sois gentille.

Il s'approche, m'entoure de ses bras, introduit sa cuisse entre les miennes pour stimuler mon désir. Je sais que son tentacule abdominal est à nouveau prêt à transpercer n'importe quoi. Ces désirs instinctifs me répugnent soudain. Je ne peux pas lui céder malgré ces prémices prometteuses. Je veux qu'il prononce pour moi ces mots, plus beaux que n'importe quelle annonciation. Je le repousse sans qu'il s'aperçoive de mes tremblements, de la sueur accrochée à mon front. Même mes yeux humides lui échappent.

– Mais qu'est-ce que tu veux, Irène ? souffle-t-il. Tu as toujours voulu que je te baise, n'est-ce pas ?

– Pas comme ça. Un peu d'amour. Un petit peu d'amour... Tu comprends ?

– T'aimer, toi ?

– Pourquoi pas moi ?

– Parce que c'est toi. Parce que t'es ce que tu es... une personne sans futur. D'ailleurs, tu n'es pas prête.

J'ouvre et referme la bouche, l'empêchant ainsi de connaître mes angoisses. Je fuis. Je fuis, portée par un mauvais pressentiment. Je cours comme une damnée et tous croient que j'ai perdu quelqu'un. Je crie ma douleur dans cette foule devenue étrangère aux suppliques des pestiférées. Je heurte un peu fort un pousseur :

– Salope ! m'envoie-t-il, énervé sans doute par cette chaleur accablante.

Je parviens à m'extraire de la marée humaine sans que personne se rende compte de mon désespoir, tant les restrictions économiques imposées par la Banque mondiale ont asséché notre capacité à nous occuper les uns des autres.

Et là, à la gare, exactement à l'endroit où j'ai volé le cadavre du bébé, je m'accroupis sur le sol. Je pleure. Je pleure en insensée. Maman, où es-tu ? Je reviens vers toi, maman, c'est la joie. Je ne sais toujours pas pourquoi les femmes font des bébés. Parce qu'elles sont aimées ? Parce qu'elles aiment ? Parce qu'elles ont peur de la colère de Dieu ? Parce qu'il ne saurait y avoir des relations entre les êtres sans cette phase biologique ? Parce qu'il n'y a aucun moyen de passer outre, en acte comme en pensée ?

J'ai de violents spasmes. Je me disloque. Je me brise. De la morve coule de mon nez, des larmes de mes yeux. Je fonds, maman. Je deviens liquide. Je coule. Maman, il n'y a que toi pour me sauver. Je te promets, maman, que c'est la dernière fois. Je vais changer, maman. Je ne mens pas, maman. Prends-moi dans tes bras, empêche-moi de grandir et de découvrir le monde. C'est trop tard, maman. Je n'aurais jamais dû voir les squelettes de mon futur.

– Irène, mademoiselle Irène... Mais qu'est-ce que t'as, mademoiselle Irène ? Qu'est-ce que tu fais là ?

Je me retourne. C'est Jean-Claude, un adolescent qui traîne ses guêtres à la gare pour se perfectionner dans les petits cambriolages avant de se lancer dans le grand banditisme.

– Et toi ? demandé-je en essuyant mes larmes et en sautant sur mes pieds.

On échange un sourire indécis.

Il est grand et souple, comme le sont souvent les adolescents, agréable sans être beau, avec une peau délicieuse, une peau de silure, vibrante sous la pression d'un feu sanguin. Il doit avoir seize ans, peut-être un peu moins, et l'enfance s'éloigne devant un léger duvet au-dessus de ses lèvres. Rien qu'à le regarder, je sais qu'il saura se contorsionner pour bien vriller la pénétration.

– T'aurais jamais dû revenir par ici, mademoiselle Irène.

– De quoi parles-tu ?

– Du vol du cadavre, tu sais ? J'ai ouï dire
qu'ils ont décidé de te tuer. Comment as-tu pu
faire de toi l'ennemi public numéro un ?

– Peut-être parce qu'ils sont tous para-
noïaques ? Peut-être que notre société est si fragile que le moindre vent menace de la détruire ?
Peut-être suis-je réellement un être exceptionnel
dont ils ont tout à craindre ? Sûrement... Tu sais,
je souhaite inconsciemment un monde ouvert à
tous les vents, où l'on fait ce que l'on aime quand
on veut, où on veut.

– Je ne souhaite pas qu'ils te tuent, mademoiselle Irène. Ils ont déjà assassiné quatre garçons
du quartier. Tu connais Short, mademoiselle
Irène ? Short le voleur. Ils l'ont battu à mort. Ils
ont coupé son sexe, l'ont enfoui dans sa bouche
avant de jeter son cadavre dans un ruisseau.
Thomas est mort aussi. Ils ont entouré son cou
d'un pneu, ils l'ont arrosé d'essence, puis ont fait
craquer une allumette. Nana a été tué aussi, tu
sais ? Qu'est-ce que je vais devenir sans toi,
mademoiselle Irène ?

– Tu existeras, Jean-Claude, dis-je. Tu seras
plus tard comme les autres. Tu n'aimeras personne. Personne ne t'aimera, non plus. Vous serez

juste solidaires dans l'immense défaite de l'Afrique dont vous ignorez jusqu'au nom !

– Je t'aime, mademoiselle Irène. Quand je serai vraiment grand, on va être Bonnie and Clyde. Tu veux bien, mademoiselle Irène ? Je prendrai soin de toi... Dis, tu veux bien ?

J'ai réussi un ricanement pour ne pas révéler ma souffrance. Je fais courir mes doigts sur les dessins de ses lèvres et mes gestes sont ralentis comme dans l'eau. Mes doigts se perdent sur ses épaules, glissent sur les muscles de ses bras et caressent ses fesses musculeuses. Il déglutit avec peine. Ses yeux doutent de la réalité de ce qu'il vit. Il tremble et je comprends que cette pureté dans son regard m'a manqué pour parachever mon plaisir. J'en profite puisqu'elle est devant moi en chair et en os. Je peux la palper, la toucher, la manipuler.

– Ne crains rien, dis-je. Tu ne disparaîtras pas dans l'incendie des sens.

Je l'entraîne dans les buissons. On fera l'amour par terre, me dis-je, parce que sur cette terre aux remugles insupportables j'ai l'impression de prendre racine. J'aime cette terre d'Afrique, ce ventre violent du monde. J'aime son étoffe qui, par saison chaude, déchire la plante des pieds. J'aime la moiteur écorcheuse de ses cailloux. J'aime ses craquelures qui sont autant de blessures de mon âme.

182

C'est avec la passion pour cette terre que je fais sauter ses boutons, ses fermetures, ses ceintures, tout ce qui tient l'homme et lui donne un sentiment de supériorité. Il est si nu, sans protection aucune, que je l'encourage avec des paroles sobres. Je n'ai d'autre attente que celle du plaisir partagé.

– Tu m'aimes toujours, n'est-ce pas ? lui demandé-je.

Les mots ne trouvent pas leur chemin entre ses lèvres. Sa stupeur est trop forte. Une lumière bleutée tombe du ciel et enrobe ses muscles. Alors je l'allonge dans l'herbe. Mes syllabes sont tellement tièdes et si fondues qu'il en perd son bon sens. Il est prêt à verser le lait de ses entrailles aux quatre vents.

Et dans ce jour qui s'en va, parée des plus beaux bijoux de Dieu, je l'attends. Mes jambes sont écartées comme celles des femmes passées, des femmes à venir. Je suis l'animal du sacrifice, celui destiné à flatter l'orgueil des dieux. Il me couvre de son corps et je le laisse passer sans résistance. Il me fend l'âme et le ventre comme un éclair déchire la voûte céleste. J'entre dans le scintillement des sens. Le désir grimpe à ma tête, à moins que j'aie bu de l'alcool de maïs. Mon être, tout mon être prend feu par petits bouts jusqu'à se transformer en cendre. Nous gémissons et des paroles sans prudence s'échappent de nos bouches : je t'aime. Je t'aimerai toujours. Nous sommes allés si loin que j'ai l'impression que les instants qui suivront seront désormais ternes et vides.

Je sors des abords enchantés de l'univers et je retrouve la même souffrance. Je suis une sans-cervelle qui voudrait que le monde change rapidement et de fond en comble.

– Où vas-tu, mademoiselle Irène ? Reste avec moi, s'il te plaît, mademoiselle Irène.

Je ferme les yeux, me balance d'avant en arrière pour apaiser le tracas de mon sang. Je suis ébranlée mais maîtresse de mon destin.

– Chez moi, dis-je.

Il me prend dans ses bras, me regarde intensément.

– Tu veux vraiment mourir, mademoiselle Irène, n'est-ce pas ?

Sa voix tendre et ses propos violents me coupent la respiration :

– Va, va rejoindre ton destin ! Qu'il en soit ainsi !

– À seize ans, dis-je, on est toujours le plus fort.

– Ils vont te tuer.

– J'ai volé un cadavre. Pas une vie ! S'ils estiment qu'il faut ôter la mienne pour réparer ma faute, qu'il en soit ainsi.

– Fais quand même attention à toi.

– Toi aussi, dis-je en l'embrassant. Prends garde aux humains, ajouté-je en m'éloignant. Prends garde à la méchanceté humaine.

Je m'engage dans les ruelles de mon quartier, vers ma mère. Seuls les nids-de-poule, larges comme la tête d'un volcan, donnent quelques reliefs à la platitude de son sol. De chaque côté de la rue principale, des cases loqueteuses ressemblent à de gros animaux répugnants et du linge blanc suspendu à des fils donne une vague nostalgie du paradis perdu. Au loin, des chrétiens joignent leurs mains et prient pour la rédemption des âmes égarées. Des femmes assises sous les vérandas trient du maïs.

D'abord je ne vois rien, n'entends rien. Il ne se passe rien. Puis, très lentement, des regards haineux me guettent et s'accrochent à ma nuque. La clameur est encore inaudible, une menace suspendue quelque part. Soudain, les voix des femmes explosent et me traversent. Des mots s'entrechoquent, sautent de véranda en véranda, on croirait une boule en caoutchouc :

– La voleuse de cadavre est de retour.

– Qui est de retour ?

– Irène... Vous savez, celle qui fatigue le quartier avec ses larcins.

– Elle fait maintenant dans le trafic d'organes humains, d'après ce que j'ai entendu dire. Elle les expédie à ses complices en Europe, boulevard Saint-Denis.

– Comme si ça ne lui suffisait pas d'être une bordelle.

– Si elle touche à un de mes morts, je la tue, dit une femme en pilant plus fort son manioc.

La méchanceté fait gonfler leurs corsages ainsi que leurs yeux. Leurs cœurs s'emplissent d'une joie mauvaise à l'idée des atrocités qu'elles me feront subir. Elles piaillent. D'exaspération. Leurs sandales, coupées dans du plastique usagé, battent la terre comme un troupeau de chèvres prêtes au combat. Leurs marmailles courcaillent derrière moi avec leurs cerceaux :

– Voleuse de cadavre ! On va te pendre sans jugement !

Je mets ma colère sous mes pieds, mais le sol de cette terre que j'ai toujours aimée devient spongieux. J'ai l'impression que chacun de mes pas s'y enfonce un peu plus. Ils vont bien se fatiguer, me dis-je. Ici, plus qu'ailleurs, la misère rend la mémoire amnésique. On finit toujours par tout oublier... Même les savoirs d'antan. Ils finiront bien par désapprendre mes travers. Pour l'instant, je fais comme j'ai toujours fait : je prends sur moi sans tendre la main, jamais. Je serre mes poings pour empêcher le cri de s'échapper : « Laissez-moi... Je n'en peux plus... Laissez-moi me remettre de cette vie... »

Le silence se fait. Il est un peu plus de midi. La chaleur est étouffante. Des grillons poussiéreux lancent des cris indéchiffrables, une conversation venue d'espaces sidéraux. Je pense aux mensonges que je vais débiter à maman. J'effacerai ainsi l'angoisse de ses yeux et l'amertume de son cœur. J'en ai plein au bout des lèvres capables de couper sa colère.

Le soleil décape ma tête à coups de hache. Je transpire. J'ai chaud. Quelques vieillards, allongés sous les maigres manguiers chiquent. À l'endroit où le vent a déraciné un vieux baobab l'année dernière, à côté du garage désaffecté, quatre hommes surgissent de l'ombre. Les effluves de leur violence montent au fur et à mesure qu'ils s'approchent. Ils sont torses nus. Leurs lèvres sont serrées comme celles des paysans lorsqu'ils arrachent les mauvaises herbes. Dans leurs regards le monde est en feu, mais je ne recule pas. Je sais que mon destin se joue là, entre les mains de ces hommes qui tiennent des barres de fer. Je ne baisse pas la tête parce que jamais personne ne s'est soucié de mon bonheur.

Monsieur Doumbé me donne le premier coup. J'ai la gorge nouée, alors j'éclate d'un rire grotesque. Je ris encore lorsque monsieur Souza me frappe à son tour. Puis je ne sais plus... Je suis un amas de chair à claques, à fouets et à pieux. Les coups pleuvent sur mon corps. Ils brisent mes hanches comme des brindilles. Ils éclatent ma nuque. Je ne me débats pas. Je ne crie pas et aucune larme impudique ne coule de mes yeux. Ils redoublent leurs coups. J'ai mal, atrocement mal. Très vite le sang m'aveugle, exalte leur envie de frapper avec plus de violence. Et le sang, le sang rouge sur la terre les excite de plus belle. Mon visage est lacéré, mais en ai-je encore ? Je me laisse tomber, me recroqueville sur moi-même pour laisser à la douleur le temps de me détruire.

Silencieux, ils me traînent entre les vieux pneus. Ils déchirent mes vêtements. Ils me violentent pour exorciser leur colère. Je perçois les mouvements de leurs sexes dans mes entrailles douloureuses. Je sens leurs souffles chauds. Ensuite ils me ramènent au bord de la route et m'abandonnent, nue, les jambes écartées. Alors seulement j'entends des pas s'approcher, des voix bruisser autour de moi : « On a tué Irène ! Irène est morte ! » Et aussi des cris de joie, des applaudissements, comme à la fin d'une magnifique pièce de théâtre. « Irène est morte ! Merci, Seigneur, de nous débarrasser de cette gangrène ! »

J'ai l'impression d'être dans une bulle, un lieu ascétique où disparaît la souffrance, une boîte magique où d'étranges pouvoirs me mettent en lévitation. Autour de moi, des choses perdues se réveillent, un monde griffonné dans les nuages. Les fleuves, les savanes, les lacs, les forêts, les rivières retrouvent l'enchantement de la naissance du monde. L'image de ma mère traverse ma conscience. Dorénavant maman, je mesurerai mes faims. Je ne serai plus vorace. Je ne mordrai plus dans la vie telle une affamée qui a sauté plusieurs repas. Je rentrerai dans le rang comme toutes les autres avant moi. Je te le promets, maman... Je te le promets...

– Au secours ! Au secours ! Aidez-moi, je vous en prie. Ne restez pas là sans bouger ! Aidez-moi, pour l'amour du ciel ! Ma fille se meurt !

C'est maman. Maman est venue... Sa voix, un écho, porte les mystères d'un monde qui m'est devenu étranger. Elle pose ma tête sur ses cuisses. Son torse balance d'avant en arrière, berçant son chagrin. Je perçois son odeur aussi immuable que les légendes des fleuves, aussi persistante que les étoiles que seules les ngagas-féticheurs pouvaient attraper de leurs doigts cornés, au fond des Canaries d'autrefois.

Ses larmes coulent doucement et c'est tout.